달콤달콤 마을편

슈가의 빵집

슈가의 빵집

달콤달콤 마을편

ⓒ 김태현, 2020

초판 1쇄 발행 2020년 12월 25일

지은이   김태현
펴낸이   이기봉
편집   좋은땅 편집팀
펴낸곳   도서출판 좋은땅
주소   서울 마포구 성지길 25 보광빌딩 2층
전화   02)374-8616~7
팩스   02)374-8614
이메일   gworldbook@naver.com
홈페이지   www.g-world.co.kr

ISBN   979-11-6649-107-8 (03810)

이 도서의 국립중앙도서관 출판예정도서목록(CIP)은 서지정보유통지원시스템 홈페이지(http://seoji.nl.go.kr)와 국가자료공동
목록시스템(http://www.nl.go.kr/kolisnet)에서 이용하실 수 있습니다. (CIP제어번호 : CIP2020051960)

달콤달콤 마을편

슈가의 빵집

김태현 지음

좋은땅

맛있는 빵을 파는 빵집을 곳곳에서 쉽게 볼 수 있는 세상이 왔다. 빵을 좋아하는 많은 사람들이 꿈꿔 왔던 시대가 열린 것이다.

그야말로 '대(大) 빵의 시대'이다.

오색찬란한 마카롱 같은 빵들도 주위를 조금 둘러본다면 다양한 종류를 합리적인 가격에 사 먹을 수 있다. 빵은 우리에게 커다란 행복을 가져다주기도 하지만 보통은 소소한 행복을 가져다준다. 그런 소소한 행복에서 얻는 작은 힘들이 무미한 세상을 살아가는 데 달콤한 힘이 된다. 적어도 나에게는 그랬고 여러분들에게도 그럴 것이라 확신한다.

많은 종류의 빵들이 있지만 그중에 내가 제일 좋아하는 빵은 슈크림빵이나 소보로빵같이 평범한 빵들이다. 사람들마다 좋아하는 빵이 다르다는 것이 재밌다. 어떤 사람은 케이크 종류를, 또 어떤 사람은 스콘 같은 종류의 빵을 좋아한다. 딱딱한 바게트빵을 좋아하는 사람도 있을 것이고 겹겹이 층이 져 있는 크루아상 종류를 즐겨 먹는 사람들도 있다. 이렇듯 빵이란 것은 그 사람의 성향에 따라, 먹는 취향에 따라 여러 가지 선호하는 형태나 그 모양이 달라지지만 그럼에도 동일한 것은 모두가 빵을 좋아한다는 사실이다.

누군가가 나에게 왜 빵을 좋아하냐고 묻는다면 그런 당연한 질문을 왜 하냐고 반문할 것이다.

"당연히 빵을 좋아해야지, 왜 안 좋아하는 거야?"라고.

심지어 느낌표를 붙여서 강하게 말할 것 같기도 하다.

"빵을 좋아하는 건 당연하지! 매일 밥을 먹고 숨을 쉬는 것처럼!"

맛있는 빵을 먹는 것과 빵을 좋아하는 것, 빵을 먹고 행복해하는 것은 당연한 것이다. 그걸 고민하는 사람에게는 그걸 왜 고민해야 하는가에 대한 또 다른 질문이 이어지지만 결국 결론은 빵은 맛있고 맛있는 빵을 찾기 위한 모험은 즐겁다는 것이다. 새로 문을 연 빵집에 가서 어떤 빵이 있는지 탐색하기 시작한 지 어느덧 3년이 지났다. 나 또한 '빵'이라는 것의 행복감을 오랫동안 모르고 지냈지만 지금은 "왜 빵을 안 먹어? 왜 케이크를 안 좋아해?"라고 사람들을 붙잡고 묻고 싶을 정도로 빵을 좋아하게 되었다. 처음엔 빵이란 것의 힘이 그 정도일 줄 몰랐고, 아마 아직도 내가 그랬던 것처럼 그 사실을 모르는 사람이 많을 것이지만 그렇기 때문에 이 책에서 말하고 싶은 것은 이것이었다.

오늘 하루 그저 달콤한 크림빵이나 고소한 아몬드빵을 먹으며 힘들었던 하루를 마무리해 보자는 것. 그것이 빵이고. 내가 빵을 좋아하는 이유니까.

"빵은 나에게 하루를 마무리하는 마침표 같은 의미. 내게 행복을 반드시 가져다준다는 마법 같은 주문이었다."

슈가가 빵을 만드는 것은 행복을 전하기 위함이었다. 그 기본적인 전제는 이러했다.

"빵을 먹으면 행복해진다."

그래. 빵은 행복이다. 그것을 전제로 이 이야기가 시작된다. 아직 내 이야기에 대해 신뢰하지 못하는 사람이 있다면 이 책을 끝까지 읽고 나서 집 근처 동네 빵집에 들러 보길 바란다. 그곳에서 가장 맛있어 보이는 빵을 한두 개 고르고 나와서 한 잔의 우유나 커피와 함께 그 빵을 한입 가득 넣고 먹어 보시라. 입 안 가득 느껴지는 빵의 맛을 느끼며, 슈가가 전하려고 했던 그 행복감을 가득 경험해 보길 기대한다. 아직 빵의 진짜 맛을 모른다고 해도 그 위대한 첫 경험을 이 책과 함께 한다면 나에겐 큰 영광이 될 것이다. 빵과의 첫 행복감을 함께한다니. 생각만 해도 기대되고 설레는 마음이 가득하다.

빵은 하루 종일 기다렸던 설레는 하루의 끝이다. 당신의 오늘. 빵과 함께 행복한 마무리가 되길. 그리고 수고한 당신에게 이 정도의 소소한 선물을 허락해 보길. 빵은 당신에게 후회 없는 기쁨과 완벽한 하루를 선물할 것이다. 그것을 위해 오늘을 살았고 열심히 일한 것일지도 모른다.

다음 장에서 슈가의 빵집 문을 활짝 열고 들어가 보라고 권하고 싶다. 그 안에는 빵 냄새가 가득하고 온갖 먹음직한 빵이 가득하니까. 당신이 들어오는 것을 본다면 슈가는 아마 이렇게 말할 것이다.

"어서 오세요. 세상에서 제일 맛있는 빵을 파는 슈가의 빵집입니다."

차 례

달콤한 행복을 찾는
모든 이들에게 바칩니다.

첫 만남

베이커리가 105번지에서 달콤한 제과점을 운영하는 슈크 씨는 어느 추운 겨울날 빵집 문 앞에서 보자기에 돌돌 싸여 놓여 있는 가녀린 한 소녀를 발견했다.

"누가 이렇게 추운 날 가게 앞에 이 가녀린 어린 아이를 두고 갔지? 불쌍한 아이 같으니라고." 슈크 씨가 말하자 빨간 목도리로 돌돌 감겨 그 위로 조금 튀어나온 입에서는 빵을 구울 때 나올 것만 같은 입김이 모락모락 나왔다.

아주 귀여운 얼굴의 소녀는 하얀 보자기 같은 담요로 돌돌 싸여져 있었는데 그 담요는 알고 보니 설탕으로 만들어진 꿀타래 보자기였다. 그리고 그 보자기 위에는 메모 하나가 쓰여 있었다.

"이 세상 최고의 제빵사. 꿈을 구워 행복을 부풀어 오르게 하는……"

슈크 씨는 물에 젖어 절반 이상 지워진 이 메모의 내용이 아이와 무슨 연관성이 있는지, 무엇을 의미하는지 알지 못했다. 아무리 생각해도 이 아이가 여기 있는 이유는 도무지 알 수 없었지만 제빵사라든가 꿈이나 행복이라는 단어를 봤을 때 빵과 관련된 어떤 일이 있는 아이라는 것은 분명했다. 하지만 그건 지금 별로 중요한 문제가 아니었다. 날씨는 추웠고 아이는 언제부터 이곳에 있었는지 모르겠지만 추위에 오랫동안 노출되어 있었을 터였다.

슈크 씨는 이 불쌍한 아이를 춥지 않게 품에 꼭 안은 다음 빵집 문을 열었다. 아직 새벽 6시밖에 되지 않았는데도 빵 반죽을 준비 중인 빵집만은 불이 켜져 있어 어두운 주변 거리를 은은하게 비추고 있었다. 게다가 이미 크루아상이나 식빵, 슈크림빵, 소보로빵이 구워지고 있던 참이라 빵집 안에는 고소한 빵이 구워지는 냄새가 가득했다. 문을 열자마자 처음 밖으로 나온 냄새는 아마 크루아상이 구워지는 냄새인 것 같았다. 슈크 씨는 '이렇게 고소하고 뭉글뭉글한 냄새라면 반드시 크루아상 냄새일 거야.'라고 생각했다.

"꺄르르"

무표정으로 잠자던 아이가 빵집 문을 열자 안에서 굽고 있는 고소한 크루아상 냄새를 맡았는지 생기발랄하게 웃었다. 아이가 해맑게 웃는 모습은 추운 날씨에도 불구하고 슈크 씨의 마음을 따뜻하게 녹였다.

"네가 어떻게 이 빵집으로 오게 되었는지는 모르겠지만 네 웃음은 내가 책임지마. 먹고 싶은 빵만큼은 실컷 먹을 수 있을 게다."

이 아이에게 지금의 추위는 평생 생각나지 않을 정도로 따뜻한 빵을 먹게 해주고 싶다고 생각하며 슈크 씨가 말했다.

세상은 먹고 싶은 빵이 가득해~♪

맛있는 빵이 가득하기에 세상은 살아갈 만하단다~

조금 퍽퍽해 보여도 희망이 가득하지~

너에게 어떤 퍽퍽한 일이 있었는지는 모르지만~

이곳은 맛있는 빵이 가득한 빵집이란다~

행복을 주는 빵이 가득한 곳이란다~

여기에선 새로운 희망이 부풀어 오를 거야. 빵 반죽이 부풀듯이~

맛있는 일들이 많이 생길 거야. 빵이 완성돼서 맛있어지듯이~

조금은 퍽퍽한 빵에 나와 같이 생크림을 듬뿍 올려보자~

딱딱한 빵에 견과류를 가득 뿌려 보자~

퍽퍽한 빵에는 부드러움과 달콤함이 가득해질 거야~

딱딱한 빵에는 달콤함과 고소함이 가득해질 거야~

이렇게 우리가 만났다네~

마치 생크림케이크에 빵과 생크림이 만나듯이~🎵

당시 아이가 없었던 슈크 씨 부부는 이로써 소중한 아이가 생겼다. 슈크 씨의 삶에도 아직 완성되지 않았던 케이크 위에 딸기가 가득 부어진 느낌이었다. 아이의 이름을 고민하던 부부는 꿀타래 보자기에 싸여져 있던 아이의 모습이 떠올라 '슈가'라고 이름 붙였고, 겨울이 지나고 봄이 오고 다시 겨울이 몇 번 지날 때까지 슈가는 마음 따뜻한 슈크 씨의 아이로 행복하게 자라 갔다.

슈크 씨의 달콤한 제과점

슈크 씨가 운영하는 달콤한 제과점은 동네 사람들 사이에서 곡물로 만든 빵이 맛있기로 소문난 빵집이다. 그래서인지 제과점의 빵 중에서 제일 인기가 많은 빵은 슈크 씨의 통곡물빵이었다. 이 빵을 만들려면 먼저 슈크 씨가 직접 재배한 여러 곡물을 빻은 뒤 물과 이스트를 넣고 요리조리 반죽한 다음 슈크 씨의 특별한 발효 창고에서 1시간을 발효하고, 200도로 예열한 오븐에서 12분간 구워 내면 맛있는 통곡물빵이 완성된다! 반죽하고, 숙성하고, 오븐에서 꺼내는 시간에 따라 맛도 모양도 달라지는 어려운 빵이었지만, 슈크 씨의 통곡물빵은 맛도 모양도 이세상 최고의 곡물빵이라고 말할 수 있을 정도로 맛있었다. 손바닥만 한 크기로 겉과 속이 모두 곡물로 꽉 차 있어서 계속 씹을 때마다 느껴지는 신선한 곡물의 고소함은 손님들이 빵을 다 먹을 때까지 고소한 행복감을 느끼도록 만들어 주었다. 하지만 그 정성과 들어가는 시간 때문에 하루에 최대한 만들 수 있는 통곡물빵의 개수는 고작 20개밖에 되지 않았다. 그래서 보통 이 빵을 사기 위해서는 가게 문을 열기 몇 시간 전부터 줄을 서야 했다.

— 아직 영업을 시작하지 않은 슈크 씨의 달콤한 제과점 안.

어느 날 슈크 씨가 반죽을 하고 있을 때 뚱뚱하고 욕심 많은 바게티 씨가 꽤 오래 신어 둔탁해진 구두 소리를 쿵쿵 내며 달콤한 제과점을 찾았다. 그 성격답게 몸이 반도 채 들어오지 않았을 때부터 큰 소리로 외쳤다.

"여기 통곡물빵 100개!"

그는 인기 많은 통곡물빵 100개를 주문했다. 하지만 슈크 씨의 빵집은 그렇게 많은 통곡물빵을 하루 안에 만들 수 있는 재료도, 일손도 부족했다. 그래서 슈크 씨는 공손하게 말했다.

"바게티 씨 오랜만입니다. 죄송하지만 통곡물빵은 하루에 만들 수 있는 양이 20개가 최대 개수라서 100개는 불가능합니다……"

그러나 바게티 씨는 더 큰 소리로 말했다. 소리가 너무 커서 빵집 밖에서도 바게티 씨의 목소리를 분명하게 들을 수 있을 정도였다.

"빵을 주지 않으면 더 이상 빵을 만들지 못하게 할 거야! 이 가게가 있는 땅이 누구 땅인지 잊었나? 어서 빵을 만들어 내놔!"

바게티 씨는 이 제과점뿐만 아니라 바로 옆에 있는 '신나는 장난감가게'와 '기묘한 이야기 책방'을 포함한 동네 대부분의 땅을 가진 사람이었기 때문에 아무도 그의 말을 쉽게 거절하지 못했다. 잘못하다가는 장사를 못하게 될 수도 있으니까 말이다! 결국 슈크 씨는 빵을 만들 재료를 빌리러 나가고 빵집에는 슈가와 바게티 씨 단둘만이 남게 되었다.

"욕심 많은 바게티 아저씨."

꼬마 슈가가 말했다.

"꼬마야! 그렇게 버릇없이 말하면 이 아저씨한테 혼나요."

바게티 씨가 무서운 표정을 지으며 말했지만 슈가는 '혼난다.'라는 말이 무슨 말인지 모르는 것처럼 여전히 천진난만한 얼굴로 바게티 씨를 쳐다보았다.

바게티 씨는 다시 한번 확실히 해 두어야겠다고 생각하며 말했다.

"이 아저씨는 세상 모든 것을 다 가진 아저씨야. 무엇이든 내가 원하는 대로 할 수 있지. 그러니까 말을 잘 들어야겠지?"

바게티 씨가 말하자 슈가는 7살이라고는 도무지 믿기지 않을 만큼 차분한 어조로 말하기 시작했다.

"아저씨가 가지지 못한 게 하나 있어요. 그건 바로 이 세상에서 제일 맛있는 아저씨만을 위한 빵이에요."

슈가가 오른손을 들어 올리며 말했다. 하늘을 가리킨 게 분명했지만 창문 너머 하늘에는 바게트빵을 닮은 구름이 두둥실 떠 있을 뿐이었다. 슈가의 말은 7살 어린이라는 게 믿기지 않을 정도로 차분하고 설득되는 말투여서 순간 2미터가 넘는 키에 100 킬로그램의 몸무게가 나가는 거구인 바게티 씨는 압도당하는 기분이 들었다.

"네가 이해할 수 있을지 모르겠지만, 나는 이 세상의 모든 빵을 먹어 봤어. 그런데 그거 아니? 나는 달콤한 빵은 좋아하지 않아. 왜냐하면 내 인생이 그리 달콤하진 못했거든. 그래서 바게트빵같이 달콤하지 않은 빵을 좋아하지. 그리고 빵은 모름지기 바게트빵처럼 커야 제 맛인데 이 집 통곡물빵은 맛은 있지만 크기가 너무 작아서 100개는 먹어야 먹은 것 같다니까. 그리고 참고로 다른 빵은 입에도 대고 싶지 않아."

"제가 아저씨가 좋아할 빵을 만들어 주면 통곡물빵은 포기하고 돌아갈 수 있나요?"

슈가가 큰 눈으로 바게티 씨를 순수하게 바라보며 말했다.

"말했다시피 다른 빵은 입에도 대고 싶지 않지만 그래도 네가 만약 이 세상에서 가장 맛있고 고소하면서 내가 배부르게 먹을 수 있는 빵을 만들어 준다면 그렇게 한다고 약속하마. 바게티 가문의 명예를 걸고."

"좋아요. 약속했어요!"

슈가는 바게티 씨의 말이 끝나자마자 버터를 양푼 냄비에 부어 저어 주다가 슈거 파우더를 넣어 섞었다. 박력분과 설탕, 소금을 넣고 물을 한 컵 정도 부은 후 슈가의 커다란 나무 숟가락으로 휘휘 젓기 시작했다.

이 세상에서 가장 맛있는 빵을 만들어야지~♪

고소하고 바삭하면서 포근하게 안기는 빵~

이 빵은 하나로도 배부를 거야~

다른 빵들과는 다르게 슈가의 빵은 마음을 배부르게 하니까~

행복을 담아 휘휘 젓고 기쁨을 담아 푹푹 반죽해야 지~

이 빵은 한 사람만을 위한 빵~

지금까지 퍽퍽한 인생을 살아온 가엾은 바게티 씨만 을 위한 빵이라네~

부드럽고 조금은 포근한 빵~

이제 조금은 포근하게 안겨도 될 거야~

이제 조금은 부드러워져도 될 거야~ ♫

　노래를 마친 슈가는 완성된 반죽 그릇에 천을 덮었다. 바게티 씨의 눈에는 발효되고 있는 반죽이 순간 황금빛으로 빛나고 있는 것처럼 보였다. 하지만 30분 뒤 슈가가 덮었던 천을 열었을 때 반죽은 빛나고 있지 않았기 때문에 자신이 잘못 본 것이라고 생각했다.

이제 고소함을 가득 담아야지 사랑을 가득 담은 이 크림을 넣어서~ ♩

밀가루와 설탕에 부드럽고 고소한 황금빛 달걀을 넣고~

버터와 바닐라 빈 그리고 우유도 넣을 거야~

누구든 이 노란 빛깔을 본다면 반해 버릴 거야~

이 고소함을 맛본다면 분명 행복해질 거야~

슈가의 크림은 사랑을 가득 담았으니까~

그 사랑 안에서 행복이 가득할 테니까~ ♪

슈가는 반죽으로 틀을 만들고 그 틀에 황금빛 액체를 부었다. 그 후 190도의 오븐에서 40분을 구워 냈다. 그렇게 완성된 빵이 나왔을 때 바게티 씨는 웃음을 터트렸다.

"하하하. 난 달콤한 빵을 싫어하고 또 큼지막한 빵을 좋아하는데 네 빵은 아주 달콤해 보이고 크기도 너무 조그맣구나! 내가 이런 빵을 좋아할 리 없지!"

바게티 씨는 확신에 찬 목소리로 말했다.

"바게티 씨만을 위한 에그타르트예요. 안에 아저씨가 좋아할 만한 것들을 듬뿍 담았어요! 그래서 이 빵 하나로도 충분히 배부를 거예요."

슈가의 단호한 한마디 말에 바게티 씨는 슈가의 빵을 한번 먹어 보고 싶다는 생각이 들었다. 그 빛깔 또한 너무 먹음직스러웠다!

"한번 먹어는 보겠지만…… 큰 기대는 하지 않는 게 좋을 거다."

바게티 씨가 슈가의 작은 에그타르트를 큰 입에 다 넣고 씹었다. 그 순간 부드러운 맛이 온몸에 퍼지며 그에게 부드럽고 달콤한 행복을 경험하게 만들어 주었다. 30년간 퍽퍽한 빵을 먹어 온 바게티 씨에게 겉은 바삭하면서도 부드럽게 녹고, 속은 달콤하면서도 따뜻하게 끌어안아 주는 듯한 빵의 맛은 그가 이

전에 한 번도 경험하지 못했던 사랑받는 감정을 느끼게 해 주었다. 예전 바게티 씨의 아버지는 바게티 씨에게 어떠한 칭찬도, 따뜻하거나 부드럽고 달콤한 말도 해 주지 않았다. 아버지의 말은 언제나 퍽퍽했고 마치 곡물로 꽉 찬 넛봉처럼 많은 것들을 요구할 뿐이었다. 아버지의 말이 항상 식어 있었기 때문에 어린 바게티 씨의 크리스마스 소원은 언제나 아버지에게 따뜻한 말을 한 번 들어 보는 것이었다. 그런데 오늘, 슈가가 만든 바게티 씨만을 위한 이 에그타르트가 차가웠던 아버지 대신에 바게티 씨를 따뜻하고 부드럽게 위로해 주고 있었다.

"사랑해. 고마워. 고생 많았어."라고.

겉은 한 겹씩 부서지면서 입에 넣는 순간 녹아 없어졌고 안의 따뜻한 커스터드 크림은 겉의 빵을 위로하듯 감싸 주었다. 그랬기에 슈가의 에그타르트는 그 조그마한 양으로도 바게티 씨의 마음을 따뜻하고 배부르게 만들어 줄 수 있었던 것이다.

슈크 씨가 재료를 못 구하고 빈손으로 돌아왔을 때 바게티 씨는 마침 빵집을 나오는 중이었다. 그는 슈크 씨를 보자마자 번쩍 끌어안고는 이 말 한마디를 남기고 떠났다.

"빵이 이렇게 부드러울 수 있다는 걸 처음 알았군요."

슈크 씨는 바게티 씨가 한 말을 이해할 수 없었지만 그래도 문제가 해결돼서 다행이라고 생각했다. 재료를 구하지 못했기 때문에 더 이상 빵집을 운영하지 못하게 될까 봐 걱정스러운 마음으로 왔는데 바게티 씨가 빵을 더 이상 요구하지 않고 그냥 나가 버렸기 때문이다. 다행이라고 생각하면서도 동시에 이렇게 생각했다.

'그런데 말이야. 바게티 씨가 조금 부드러워진 것 같은데?'라고.

슈가, 굽다

어느 날 12살의 슈가가 평소와는 다르게 조금 망설인다거나 무슨 말을 하려고 하다가 주저하는 모습을 보였다. 그러더니 슈크 씨의 곁으로 다가와 조금 머물며 있더니 옆에 놓인 마들렌을 만지작거렸다. 잠시 후 곧 마음을 다잡았는지 슈크 씨에게 빠르게 다가오며 큰 목소리로 말했다.

"빵을 만들고 싶어요!"

슈가가 빵을 만든다는 생각은 해 본 적도, 해 볼 생각도 못했기 때문에 슈가가 빵을 만들고 싶다고 했을 때 슈크 씨는 깜짝 놀랐다. 하지만 한편으론 이제 다 커서 빵을 만들고 싶다고 얘기하는 슈가의 모습에 감동하며 되물었다.

"빵을 만들고 싶다고?"

"네! 슈크 씨를 위한 빵을 만들어 줄게요!"

슈크 씨는 속으로 '그동안 내가 빵을 만드는 모습을 많이 봐

왔기 때문에 분명 그걸 흉내 내는 정도겠지.'라고 생각하면서도 빵 만드는 것을 흔쾌히 허락했다. 완성된 빵이 타든 덜 익든 아님 어떤 무서운 빵이 만들어져 나오더라도 맛있게 먹을 각오를 해야 했지만…… 그래도 슈크 씨는 어느새 훌쩍 커 버린 슈가가 만든 빵을 먹어 볼 수 있다는 것에 진심으로 행복했고 이런 시간이 왔다는 것에 감사했다.

슈가는 반죽을 시작했다. 슈크 씨의 통곡물빵과 비슷하지만 조금 다르게 슈가의 반죽에는 통밀과 오트밀만을 사용했다. 그러면 통곡물빵보다는 먹기에 조금 더 가볍고 고소하면서 씹을 때의 감칠맛을 더할 수 있을 것이다. 귀리는 고소하게 볶아 준비했다. 볶은 귀리가 볶지 않은 것보다 훨씬 더 고소하고 달콤한 맛을 낸다. 통밀 반죽을 하고 추가로 아침 일찍 시장에서 사온 달걀과 이스트, 그리고 아카시아꿀과 귀리를 넣었다.

빵을 만드는 슈가의 모습은 마치 빵을 오랫동안 만들어 온 사람 같았다. 빵을 오랫동안 만들어 온 슈크 씨조차도 슈가가 빵을 만드는 모습에서 배울 점들이 많다고 느꼈기 때문이다. 슈가가 어떻게 배우지도 않은 빵을 잘 만들 수 있는지 슈크 씨는 어렴풋이 알 것 같았다. 어쩌면 꿀타래 보자기에 싸여져 있던 첫 모습을 봤을 때부터, 아니면 바게티 씨가 부드러워져서 빵집을 나갈 때부터 짐작하고 있었다. 슈가는 빵을 만들 사람이라는 걸 말이다. 슈크 씨가 여러 생각을 하는 와중에도 슈가의 빵은 계속 구워지고 있었다.

빵은 고소하고 바삭할 거야~ ♩
슈크 씨를 위한 빵을 만들자~
엄청 달거나 자극적이지는 않지만~
슈가와 함께하는 하루하루 같은 빵을 만들 거야~
매일매일 먹어도 질리지 않는 빵~
부담 없이 먹을 수 있는 곡물빵~
슈가와의 시간들은 이렇게 행복할 거야~
마치 이 빵처럼 말이야~ ♬

몇 분 뒤 겉은 바삭하지만 속은 푹신하고 부드러운, 그러면서 전체적으로 고소하고 포만감이 있는 오트밀 통밀빵이 완성됐다. 김이 모락모락 나는 빵을 보자마자 슈크 씨는 본인도 모르게 침을 꿀꺽 삼켰다.

"너무 맛있어 보이는구나!"

"한번 먹어 보세요! 매일 먹어도 부담 없는 빵이에요! 사랑하는 사람을 향한 변함없는 사랑 같은 빵이기도 해요!"

슈크 씨는 빵을 두 손으로 찢었다. 바삭거리는 소리와 함께

겉껍질이 부서지듯 잘렸고 속은 부드럽게 찢어졌다. 슈크 씨는 거의 슈가의 손바닥 크기만 한 빵을 한입에 넣고 먹었다.

"으음…… 너무 고소하고 부드러워 그리고 겉은 바삭하구나. 언제 먹어도 질리지 않을 빵이야…… 너무 맛있다 슈가! 이렇게 행복한 빵은 처음이구나! 정말 변함없는 사랑 같은 빵이야!"

슈크 씨는 너무 어린아이 같아 보일까 봐 터져 나오는 탄성을 조금은 억누르며 말했다. 억누르지 않았다면 그 맛에 반해 어린아이처럼 울음을 터트렸을 수도 있었다.

"그럼 저도 이제 빵을 만들어도 될까요?"

슈가가 말했다.

"슈가 네가 같이 만들어 준다면 내가 더 고마울 것 같구나. 함께 맛있는 빵을 만들어 보자!"

"네. 행복을 주는 빵을 만들어요!" 슈가가 대답했다.

이렇게 슈크 씨의 달콤한 제과점에는 새로운 제빵사가 생겼다.

고소한 달콤함

변호사 사무실에서 일하는 고소미 양은 항상 일을 마치고 저녁 늦게야 달콤한 제과점을 찾았다. 그리고는 제일 달콤한 빵들만 골라서 담았다.

"소미 언니! 언니는 고소한 빵은 안 좋아해요?"

어느 날 슈가가 고소미 양에게 물었다.

"응. 슈가야. 언니는 고소한 것보다 달콤한 빵이 좋아! 힘들 때 달콤한 걸 먹으면 기운이 나는 것 같아서."

고소미 양은 슈가와의 대화가 처음이었지만 빵을 사러 올 때마다 봐 왔던 익숙한 얼굴이었기 때문에 반갑게 대답했다.

"언니! 사실 달콤함은 어디에나 있어요! 고소한 빵에도 물론 있죠. 고소한 곡물을 계속 씹다 보면 어느 순간 느껴지는 그 은은한 달콤함이 먹는 사람을 행복하게 만들어 줘요. 하지만 많은 사람들이 보통 고소함을 느끼고 나면 달콤함을 채 느끼기도 전에 삼켜 버리고 말죠. 달콤함을 느끼려면 기다림이 필요한데 말이에요. 어쩌면 그 기다림이 지루할 수도 있지만 어느 순간 찾아올 달콤함을 위해 조금 기다려 보는 거예요. 지금 당장 달콤한 빵들은 그 달콤함에 바로 빠져 버리지만 이 고소한 달콤함은 달콤함이 나에게 빠져들어요. 하루를 마무리하는 달콤함이 바로 이 고소한 달콤함이에요!"

슈가가 신이 나서 말했다.

"언니에게 이 달콤함을 선물하고 싶어요! 잠깐 기다려 줄래요?"

슈가의 빛나는 눈동자가 고소미 양을 향해 반짝거렸다.

"응! 한번 먹어 보고 싶어."

고소미 양은 그 맛이 너무 궁금해서 도저히 참을 수가 없었기 때문에 선뜻 대답해 버렸다.

슈가는 소미 양의 말이 끝나자마자 곧바로 반죽을 시작했다.

반죽에는 밀가루 대신 고소한 아몬드 가루를 썼다.

소미 양은 슈가가 곱게 빻은 아몬드 가루를 체에 내릴 때 가루가 황금빛으로 반짝였다고 생각했지만 아닐 거라고 생각하며 눈을 비볐다. 눈을 비비고 떠 보니 역시나 황금빛이 아닌 연한 갈색 빛깔이었기 때문에 잘못 본 것이라고 생각했다.

고소한 행복을 위한 가루를 내리자~ ♩

세상엔 수많은 달콤함이 많지만~

조금 노력해서 얻는 이 달콤함보다는 못할 거야~

하루 종일 고생하고 얻는 뿌듯함과 고소함~

그렇게 달지 않아도 괜찮아~

많이 달지 않아도 하루의 끝에선 달콤하게 느껴질 레니까~

조금 힘든 하루 동안 행복을 못 찾았다면~

이 달콤함이 분명 커다란 행복을 선물할 거야~

하루를 마무리하며 얻는 고소한 달콤함이 찾아온다 네~

아무도 모르게 어느 순간 다가온다네~

조금만 더 기다려 보자~

그 순간 고소함이 뿌듯함과 기쁨을 선물할 거야~

그냥 얻어지는 달콤함보다 더 맛있는 맛과 행복을 경험할 거야~ ♬

　슈가는 반죽 위에 슈크 씨의 건크랜베리를 통째로 넣었고 호두, 땅콩, 마카다미아는 살짝 빻아서 가득 부었다. 그리고 다시 반죽하니 반죽이 마치 견과류를 품은 큰 덩어리처럼 보였다. 기다리고 발효하는 시간이 지나 슈가는 반죽을 자르고 손으로 늘려 기다란 모양으로 만들었는데 그 길이가 무려 30㎝나 되었다. 오븐에 넣고 20분 정도가 지나 구워져 나온 빵은 가볍게 꼬아졌고 견과류가 박혀 있는 모양새였다.

"언니를 위한 견과류 스틱빵이에요! 아몬드 가루로 반죽해서 고소함이 더해졌고, 오래 씹다 보면 제가 말했던 그 달콤함도 느껴질 거예요." 완성된 빵을 들고 슈가가 말했다.

누가 봐도 맛있어 보이는 빵이었지만 평소 소미 양이 좋아하는 빵 스타일은 아니었다. 그래도 슈가가 만들어 준 빵이니 먹어 봐야겠다고 생각하며 빵을 손으로 찢어 한입 가득 먹었다.

처음에 느껴지는 고소함…… 그리고 계속 씹다 보면…… 처음 느껴 보는 이 깔끔한 달콤함……. 소미 양은 빵을 한입 먹고는 한참을 씹었다. 눈을 감고 그 모든 맛을 느꼈다. 슈크 씨의 정성이 담긴 크랜베리, 호두의 식감과 빵에서 풍겨 오는 아몬드의 향과 맛.

"너무 고소하고 달콤해. 정말 맛있어!"

소미 양이 한참을 맛보다가 마침내 입을 열었다.

"언니에게 이 달콤함을 선물하고 싶었어요. 충분한 기다림 끝에 찾아오는 이 고소한 달콤함을요! 제가 제일 좋아하는 달콤함이기도 해요." 슈가가 말했다.

"슈가 양. 고마워요. 이렇게 맛있는 빵을 선물해 줘서."

"저도 감사해요. 제 빵을 이렇게 맛있게 먹어 주셔서."

고소미 양의 말에 슈가가 행복하게 미소 지으며 대답했다.

소미 양도 슈가를 따라 미소 지었다.

소미 양은 마치 빵이 자신에게 이렇게 말해 주는 것 같다고 느꼈다.

'수고했어, 오늘도.'

슈가의 비밀

옛날, 빵이 반죽마저 되지 않았을 만큼 오래전에. 그 당시 날 짜로 치면 이스트 1년째. 이 세상에는 빵의 나라가 있었습니다. 이 세상 모든 빵의 시초가 되었던 나라이자 모든 빵의 가문과 역사가 시작된 곳이지요.

빵의 나라 후손들은 대대로 빵 만드는 비법을 전해 왔지만 대 부분의 끝이 그러하듯이 빵의 비법 또한 어느 순간 모두 사라져 버렸습니다. 하지만 수많은 신화들…… 예를 들면 '안에 크림이 꽉 찬 빵'이라든가, '속은 구름처럼 부드러우면서 겉은 아침이슬 을 머금은 진흙처럼 촉촉한 빵', '조금은 퍽퍽하지만 고소하고 가끔 느껴지는 달콤함이 매력인 빵' 같은 빵에 관한 소문의 조 각들은 그것을 닮은 빵들을 만들어 갔습니다. 크림빵, 밤식빵, 크랜베리스콘 등 많은 빵들이 바로 그렇게 만들어졌지요. 하지 만 큰 문제가 하나 있었습니다. 전해 내려온 대로 빵의 모양을 흉내 내는 것은 쉬웠습니다. 물론 맛도 괜찮았지요. 하지만 옛날 이스트사에 기록된 "사람들이 슈크림 가문의 슈크림빵을 먹으면 행복해지고 부드러워졌으며 따뜻해지고 온화해졌다. 싸우던 자들이 그 싸움을 멈추었으며 힘들어 하던 자들은 그 향기만으로도 용기가 슈크림빵이 부풀듯 부풀어 올랐다."라는 기록을 흉내 내는 빵은 만들지도, 만들 수 있다는 생각도 하지 못했습니다. 지금부터 할 이야기는 빵의 기록들, 그 시작에 관한 마카롱 크기만큼 조그맣게 남아 있는 빵의 이야기입니다.

빵은 태초에 그 반죽부터 시작되었다고 전해진다. 어떤 강력한 충격이 반죽을 만들었고 태초의 따뜻하고 습한 기운이 반죽을 발효시켰다. 그리고 이어진 강력한 태양열이 반죽을 구우면서 빵이 탄생했다. 인간이 최초로 빵을 만들었던 그 시작은 베이크 경이었다는 이야기가 있고 그 왕국의 마지막 12번째 여왕의 이름은 '슈가'였다.

— 이스트사 1005쪽

첫 번째 빵이 구워지고 있습니다~♪
잠시만 기다려주세요! 무슨 빵을 원하시나요~

무슨 맛을 좋아하시나요~

달콤한 단팥빵? 부드러운 크림빵? 아니면 고소한

아몬드 크루아상?

무슨 빵이든 주문만 하세요~

이 나라 최고 빵집인 저희 부드러움푹신고소달콤빵

집에서는~

원하는 빵은 무엇이든 맛볼 수 있답니다~

세상에서 제일 달콤한 빵이 있어요~

세상에서 제일 고소한 빵도 있지요~ ♫

　

부드러움푹신고소달콤빵집을 운영하는 베이크 경은 누구나 맛있는 빵을 먹을 수 있고, 어느 누구나 최고의 빵을 먹으며 행복을 경험할 수 있도록 하기 위해 빵의 나라를 세웠다. 이름하여 이스트 왕국! 그 대단한 베이크 경의 빵집에서 감히 노래를 부르며 빵을 반죽하고 있는 사람은 바로 어린 슈가였다.

　

— 이스트 왕국. 이스트 3022년째.

베이크 경의 빵집. 부드러움푹신고소달콤빵집.

　

"슈가! 반죽을 하면서 노래를 부르면 어떻게 된다고 했죠?"

슈가의 빵 스승인 마들렌 여사가 출근해 앞치마를 두르면서 잔소리를 시작했다. 반죽을 하면서 매번 노래를 부르는 슈가에게 그러면 반죽에 집중을 못해서 맛있는 빵을 만들 수 없다고 몇 번이고 말했었기 때문에 오늘만큼은 따끔하게 말을 해야겠다고 생각했다.

"반죽을 할 때는 노래 부르는 데 힘쓰지 말고 온 힘을 다해 반죽에만 신경 써야 맛있고 부드러운 빵이 된다고 몇 번을 말했나요!" 마들렌 여사가 최대한 무서운 표정을 지으며 말했지만 그녀의 평소 온화한 성품답게 무서운 표정 사이에서는 달콤함이 새어 나왔다.

"마들렌! 반죽도 노래를 좋아해요. 저는 행복한 반죽이 더 맛있는 빵을 만든다는 걸 알아요."

슈가는 정말 그렇게 믿고 있다고 말하는 듯한 초롱초롱한 눈으로 마들렌 여사를 바라보며 말했다. 빵을 향한 슈가의 순수한 마음이 예뻤기 때문에 마들렌 여사가 항상 슈가에게 잔소리를 했지만 절대 혼내지는 않았다.

"반죽이 노래를 좋아한다는 건 처음 알았네요. 그럼 이참에 예쁜 옷도 하나 입혀 주지 그래요?"

"아! 너무 좋은 생각이에요! 다음에는 예쁜 옷을 입힌 빵을 만들어 봐야겠어요!"

마들렌 여사의 농담에 슈가는 순간 크루아상빵이 아몬드 옷이나 땅콩버터 옷을 입은 모습을 떠올리며 너무 좋은 의견인 것 같다고 생각하며 말했다.

"어휴 슈가 양…… 무슨 말을 못하겠네요."

마들렌 여사가 고개를 좌우로 흔들며 말했다.

"아무튼, 오늘 만들 빵은 슈크림빵이에요! 벌써 군침이 도는군요."

마들렌 여사는 큰 은색 볼을 꺼냈다.

"자, 잘 따라서 해 보세요! 먼저 그릇에 '행복의 가루'를 조금 넣어 주세요."

슈가는 여사를 따라서 행복의 가루를 은색 볼에 가득 넣었다.

─ 이 가루는 지금의 밀가루 같은 가루인데 그 자체만으로도 반죽하면 황금빛을 내었으며 빵의 맛을 몇 배 더 맛있게 해 주고 먹으면 행복해진다고 하여 이름 붙여졌다. 지금은 사라짐. ─

"그 다음은…… 슈가 양! 가루를 너무 많이 넣었어요. 그렇게 많이 넣으면 좋지 않아요!"

마들렌 여사가 슈가의 은색 볼을 꽉 채운 가루를 보고 깜짝 놀라 말했다.

"전 행복한 빵을 만들 거라서 이 행복의 가루를 많이 넣어야 한다고요!"

마들렌 여사는 이렇게 행복의 가루를 많이 넣었을 때의 부작용을 알고 있었다.

"알겠어요. 그러면 슈가 양의 빵과 제 빵 중에 어떤 빵이 사람들을 더 행복하게 해 주는지 알아볼까요?"

마들렌 여사가 슈가를 말로는 절대 설득시키지 못 한다는 것을 알고는 먼저 제안했다.

"좋아요! 아마 제 빵을 먹고 더 행복해질걸요? 이렇게 행복의 가루를 가득 넣었으니까요!"

슈가의 말이 끝나자마자 마들렌 여사는 오늘 아침 구해 온 황금알 한 개를 능숙하게 한 손으로 까서 반죽에 넣었다. 이후 소금과 설탕, 60도 정도의 물을 넣고는 창문을 열어서 공기 중에 떠다니는 이스트를 잡아 은색 볼 안에 집어넣었다. 그 후 너무나 아름다운 모습으로 반죽을 휘젓기 시작했다. 그러다 잠시 멈추고는 노란빛으로 빛나는 버터를 넣고 다시 반죽을 휘휘 저었다. 점점 매끈해지는 반죽은 어느새 황금빛으로 밝게 빛나기 시작했다.

이스트 왕국을 지켜 주는 이스트를 넣고~♬
푸고 씨가 아침에 준 황금알도 넣어야지~
슈크림빵 안에 들어갈 커스터드를 만들자~

최고급 우유를 데우고 버터와 계란도 넣어야지~

특별하게 이것도 넣을 거야~

그건 바로 정성~

최고의 재료보다 중요한건 빵을 향한 정성스러운 마
음이지~

슈가는 아직 모를 거야~

행복의 가루보다 더 중요한 건 만드는 사람의 정성
과 노력이라는 걸~♪

마들렌 여사의 슈크림빵이 오븐에서 맛있게 구워졌다. 슈가
도 마들렌 여사를 따라 부지런히 만들었기 때문에 슈가의 빵도
마들렌 여사의 빵과 비슷하게 구워져 나왔다. 특별히 오늘만큼
은 슈가의 빵도 부드러움푹신고소달콤빵집에 진열을 해 놓기
로 결정했는데 바로 마들렌 여사와의 내기 때문이었다.

맛있는 빵 냄새를 맡은 향기 여사가 언제나처럼 제일 먼저 빵
집 문을 열었다.

"어서 오세요! 세상에서 제일 맛있는 빵을 파는 부드러움푹신
고소달콤빵집입니다."

슈가가 첫 손님을 기쁘게 맞았다.

"어머 이 맛있는 냄새는 대체 무슨 빵이에요? 도저히 그냥 지

나칠 수가 없어서 들어왔답니다!"

"갓 나온 슈크림빵이에요!"

평소에도 갓 나온 빵이 있으면 어떻게 냄새를 맡았는지 모르겠지만 항상 향기 여사가 제일 먼저 빵집으로 들어와 무슨 빵인지 묻곤 했기 때문에 슈가도 향기 여사의 질문에 익숙하게 대답했다.

"마들렌 여사가 만든 빵인가요? 아님 베이크 경?"

"마들렌 여사님과 제가 만들었어요! 왼쪽 빵이 제가 만든 빵, 오른쪽이 여사님이 만든 빵이랍니다!" 슈가가 대답했다.

"아…… 좋아요 그러면 두 개를 살게요. 마들렌 여사의 빵과 슈가 양의 빵 이렇게 두 개요"

"감사합니다. 맛있게 드시고 오늘도 행복하세요!"

향기 여사는 간단한 눈인사로 화답하고 빵집을 나갔다.

슈가가 커피콩빵을 위한 커피콩을 볶느라 분주할 때 향기 여사가 다시 빵집을 찾았다.

"어서 오세요! 세상 제일 맛있는 빵을 파는 부드러움푹신고소달콤빵집입니다."

"향기 여사님 또 오셨네요! 빵은 맛있게 드셨나요?"

문을 열고 들어오는 향기 여사를 보고 자신의 빵을 맛있게 먹었는지 물어볼 생각에 들뜬 슈가가 평소보다 빠른 속도로 말했다. 그래서 슈가가 하는 말을 잘 알아듣기 힘들었지만 향기 여사가 눈치껏 알아듣고는 말했다.

"마들렌 여사의 슈크림빵을 좀 더 사려고 왔어요. 아이들이 너무 잘 먹어서요."

향기 여사의 말을 듣고 슈가는 약간 시무룩해졌다. 항상 좋은 향이 나는 착한 향기 여사가 그걸 알아차리고는 덧붙여 말했다.

"아, 슈가의 빵도 너무 맛있었어요! 그런데…… 슈가의 빵은 먹자마자 너무 행복하고 맛있었지만 그 행복이 금방 사라졌어요. 빵의 맛보다 행복이 더 커서 뭔가 빵의 맛을 잘 느끼지 못했다고 해야 할까요? 반대로 마들렌 여사의 빵은 먹을 때 그 맛을 충분히 느낄 수 있고 다 먹고 나서 느껴지는 은은한 행복감이 오래 느껴지더군요. 빵이 너무 맛있어서 그걸로 행복해졌달까…… 그런 느낌이요. 그래서 슈가 양에겐 미안하지만 이번에는 마들렌 여사의 빵만 조금 더 사 가려고요."

말을 끝마친 향기 여사는 남아 있던 마들렌 여사의 슈크림빵을 전부 사 갔다.

그 모습을 지켜보고 있던 마들렌 여사가 슈가에게 다가와서 말했다.

"슈가. 사람들은 행복해지려고 빵을 먹는 게 아니에요. 빵을 먹으니 행복해지는 거죠. 행복의 가루를 넣는 이유는 빵을 더 맛있게 만들어 주기 위한 하나의 방법에 불과해요. 진정한 행복을 만드는 건 그 어떤 특별한 가루나 비법이 아니라 맛있는 빵을 만들어 사람들을 행복하게 해 주겠다는 마음을 가진 제빵사의 정성과 의지예요. 슈가 양은 그거 하나만큼은 누구보다 최고이기 때문에 언젠가 많은 사람들에게 행복을 주는 빵을 만들 수 있을 거예요."

마들렌 여사가 시무룩해진 슈가를 위로하며 말했다.

"네! 저는 앞으로 잘 배워서 마들렌 여사님 같은 훌륭한 제빵사가 될 거예요!"

행복을 주는 빵을 만드는 방법. 그것은 온갖 비법이 아닌 정성이라는 것을 경험할 수 있었던, 슈가에게 오늘은 조금은 부끄럽지만 소중한 하루였다.

베이킹 장군, 반죽하라

베이크 경의 동생인 베이킹 경은 이스트 왕국의 장군이다. 조금은 과격하지만 유쾌한 성격을 가진 베이킹 장군은 많은 이스트 왕국 시민들의 존경을 받는 사람이었다. 언제나 시민들에게 빵을 만들어 건넬 때면 친절하게 웃으며 두 손으로 정성스럽게 건넸기 때문에 그의 별명은 두 손의 장군이었다. 한 손에는 친절을 다른 한 손에는 빵을 들었다는 의미도 있었지만 또 다른 의미로는 한 손에는 검을 그리고 다른 한 손에는 빵을 든 장군이라는 의미도 있었다. 그는 그만큼 빵을 아끼고 사랑했으며 시민들을 위해 검을 들 줄도, 빵을 만들 줄도 아는 장군이었다. 이 날은 왕국 시민들에게 나누어 줄 많은 빵을 굽는 날이었고, 마들렌 여사의 추천으로 슈가가 이 베이킹 장군의 빵공장에 빵 만드는 법을 배우러 왔던 첫날이기도 했다.

"맛있는 빵은 가장 기본에서부터 시작된다! 정성스럽게 반죽하는 것부터가 맛있는 빵을 만들기 위한 위대한 시작이지. 오늘은 그런 의미에서 지금부터 저녁 끝날 때까지 반죽만 훈련할 거니까 그런 줄 알도록 슈가!"

베이킹 장군이 경쾌하게 소리쳤다.

"네? 하루 종일 반죽만 하라고요? 절대 못해요! 이렇게 힘들고 재미없는 반죽을 어떻게 하루 종일 하라는 말인가요?"

슈가가 깜짝 놀라며 말했다.

"반죽해라!"

"싫어요!"

"내가 마들렌 여사에게 너를 교육하러 간다고 하니 걱정스러운 눈빛으로 쳐다본 이유가 있었구나! 그냥 시키는 대로 해라!"

"싫어요!"

슈가가 이렇게 말하는 이유는 정말 순수하게 반죽만 하기는 싫었기 때문이었다. 빵의 반죽뿐만 아니라 직접 완성까지 했을 때 비로소 빵을 만든 거라고 생각했기 때문에 시민들에게 줄 특별한 빵만큼은 처음부터 끝까지 직접 만들고 싶었다.

"그래. 그럼 반죽하고 발효하고 구워라! 이 세 가지를 다 완벽하게 해낼 수 있다는 거냐?"

베이킹 장군이 물었다.

"네! 반죽만 하는 건 제 빵이 아니잖아요! 저는 제 빵을 만들고 싶어요."

슈가가 말했다.

"좋아. 오늘은 가뭄으로 힘들어하는 이스트 왕국의 시민들을 위한 건포도 호밀빵을 만든다. 호밀과 건포도가 시민들을 배부르게 해 줄 거야. 슈가 너는 반죽하고 발효하고 구워라! 다른 사람들은 각자 맡은 일들을 하나씩 하면 된다. 시작하라!"

"네. 장군!"

베이킹 장군의 제빵사들과 슈가가 동시에 대답했다.

제빵사들은 일사불란하게 각자 맡은 임무를 수행했다.

반죽을 하는 제빵사들, 발효를 담당하는 제빵사들, 그리고 오븐에 빵을 굽는 제빵사들이 서로의 역할을 충실하게 수행했다. 총 만들어야 하는 빵의 개수는 1000개였다. 건포도 호밀빵은 만들기 쉽지 않은 빵이었다. 먼저 강력분과 소금을 은색 볼에 넣고 섞다가 이스트를 넣어 주고 다시 한번 섞는다. 속도는 처음에는 천천히. 그 다음에는 그것보다 조금 빠른 속도로 반죽을 해 주어야 한다. 그 뒤 베이킹 장군이 특별하게 말린 건포도와 손질한 호두를 넣고 섞은 뒤 발효를 시작한다. 발효에서는 온도와 습도가 특히 중요하다. 별것 아닌 과정이지만 그 별것 아닌 과정에 따라 결과가 어떻게 만들어지는지가 결정된다. 1차 발효가 끝나면 먹기 좋은 크기로 등분하여 모양을 만든 후 달걀물을 바르고 다시 2차 발효에 들어간다. 오븐에서는 더 신경 써야 한다. 뜨거운 돌을 깔고 오븐을 예열한 후에 뜨거워진 돌 위에 물을 한 컵 부어 수증기를 만들어 준다. 그렇게 15분 정도가 지나면 건포도 호밀빵이 완성된다. 복잡한 과정. 복잡한 만큼 많은 빵을 만들려면 서로가 조금은 지겹고 반복되는 일들을 빠르게 해내야 했다.

"반죽 끝났습니다."

"1차 발효 끝났습니다. 발효기에 물 좀 채워 주세요!"

"이거 빨리 구워야 하는데 먼저 오븐에 들어간 빵 아직인가요?"

"네! 2분 남았습니다."

"반죽 아직 다 안 됐나요?"

"반죽 곧 됩니다. 1분만 기다려 주세요!"

각자 맡은 일을 일사분란하게 수행한다. 그러다 보니 빵은 순식간에 만들어졌다.

슈가는 혼자 반죽하고 발효하고 굽느라 다른 사람보다 빵이 완성되는 속도가 현저히 느렸다. 조급한 마음에 빵의 모양도 원하는 대로 나오지 않았다. 다른 사람들이 100개를 만들 때 10개도 채 만들지 못했다.

"이게 아닌데……." 어린 슈가는 결국 울음을 터트렸다. 속상

한 마음과 다른 사람들에게 미안한 마음이 너무 커졌기 때문이었다. 그런 슈가를 안타깝게 바라보던 베이킹 장군이 이제야 다가와 슈가의 등을 토닥이며 말했다.

"슈가. 반죽은 단순하지만 그렇다고 만만한 과정은 아니야. 반죽은 모든 빵을 만드는 과정의 처음이자, 반죽의 완성도로 인해 그 결과물이 결정되기에 마지막이기도 하지. 빵의 처음이자 끝이란다. 참고로 반죽이 없었다면 이 이스트 왕국도 없었을 거다. 사실, 누가 빵을 만들었는지는 별로 중요하지 않아. 누군가 내가 만든 빵을 맛있게 먹어 준다면 그걸로 나 베이킹은 충분하거든! 수십 년 동안 이스트 왕국 시민들을 위해 빵을 만들어 왔지만 아마 그 빵들을 내가 만들었다는 건 아무도 모를 거다. 지금은 이렇게 수많은 제빵사들이 나를 도와주지만 처음에는 나와 베이크 왕 단둘이 모든 걸 했단다. 빵을 잘 만드는 게 자랑이 아니야. 사람들이 맛있게 먹어 주는 게 자랑이지, 하하!"

베이킹 장군은 슈가의 등을 팡팡 치며 말했다. 일부러 터프한 척 말했지만 그 속에는 따뜻함과 달콤함이 가득했다. 역시 이스트 왕국 최고의 장군이라는 생각이 들 정도였다. 슈가는 반죽이 얼마나 중요한지, 그리고 다 같이 협력한다는 것이 얼마나 중요하고 고마운 일인지 깨달았다. 그러면서 다시 힘을 내야겠다고 생각했다. 빵을 기다리는 수많은 시민들을 위해서!

"자. 이제 반죽 시작할게요. 서둘러야 할걸요? 제 속도가 정말 빠르거든요!"

슈가는 흘러내리는 눈물을 옷소매로 닦고는 활짝 웃으며 외쳤다.

"반죽 다 됐습니다!"

"반죽 완성입니다!"

"슈가 양 너무 빨라요. 조금만 천천······."

"반죽 완성!"

슈가의 반죽 속도와 실력은 모든 제빵사들을 결국 지치게 만들었지만 슈가 덕분에 건포도 호밀 빵 1000개가 순식간에 만들어졌고 이스트 왕국 시민들은 그 빵을 맛있게 먹었다. 베이크 왕만을 칭찬하면서. 슈가는 깨달았다. 내가 아니라 빵이 사람을 행복하게 만들어 준다는 사실, 그리고 칭찬받으려고 빵을 만드는 게 아니라 내가 만든 빵을 먹고 행복해하는 사람들이 있어 빵을 만든다는 사실을.

아이들의 소시지빵

아이들이 가장 좋아하는 빵은 뭘까요?

달콤한 사과파이? 고소한 땅콩크림빵? 아이들이 제일 좋아한 다는 초콜릿이 듬뿍 들어간 초코소라빵?

"나는 식빵이 제일 좋아!"

지나가던 한 아이가 외쳤다.

"나는 생크림케이크!"

"나는 단팥빵!"

아이들이 서로 자신이 좋아하는 빵을 외칩니다.

"나는 소시지빵!"

한 아이가 소시지빵을 좋아한다고 외치자 다른 아이들도 서 로 소시지빵이 좋다고 외치려고 하는 바람에 한바탕 소란이 일 었습니다.

"소시지빵은 씹히는 게 좋아! 그리고 소시지가 맛있어! 그 빵도 너무 맛있어!"

평소 소시지빵을 자주 먹는 한 아이가 말했습니다.

아이들의 최고의 빵은 그럼 소시지빵으로 결정해도 되겠죠?

슈가가 아이들을 보고 있다가 큰 소리로 외쳤다.

"나랑 같이 소시지빵 만들 사람!"

"저요! 저요! 저도요! 저도 만들래요!"

전혀 예상치 못한 인기에 슈가는 서둘러 빵집 안으로 도망가
야 했다.

"소시지빵에서 가장 중요한 재료는 뭘까?"

"소시지요!"

슈가의 질문에 아이들이 재빨리 대답했다.

"그래. 맞아! 하지만 더 중요한 건 정성이야. 오늘 우리 친구
들의 정성을 다해서 맛있는 소시지빵을 만들어 볼까요?"

슈가가 소시지를 양손에 들고 흔들면서 말했다.

"네!"

아이들이 서로 자기 목소리를 더 크게 내려고 기를 쓰며 소리
쳤다.

슈가는 곧바로 은색 볼을 꺼냈다. 아이들 앞에도 하나씩 놓아
주었다.

"먼저 반죽을 할 거예요. 반죽을 할 때는 오로지 반죽에만 집

중해 주세요! 떠들거나 한눈팔아서는 안 돼요. 알았죠?"

"네!"

슈가는 갑자기 누군가가 보고 싶다는 생각이 들었다. 누구일까? 누가 보고 싶은 거지? 슈크 아저씨가 보고 싶은 건가……? 누군가가 보고 싶은 마음은 잠시 나타났다가 사라졌고 슈가는 빵을 계속 만들었다. 사실 슈가의 마음 한 곳에 기억된 어느 강렬한 레시피가 슈가의 마음을 흔들었던 것이다.

'빵을 맛있게 만드는 비법은 바로 정성이란다.'라는 마들렌 여사의 레시피가.

슈가는 아이들 앞에 놓인 은색 볼에 강력분, 소금, 아카시아 꿀, 이스트, 오일, 달걀을 넣어 주었다. 그리고 마지막으로 물을 넣고 다같이 반죽을 시작했다.

맛있는 소시지빵을 만들자~ ♩

우리도 할 수 있어~

우리도 맛있는 빵을 만들 수 있어~

새로운 경험들로 가득할 거야~

새로운 맛들로 가득할 거야~

신나는 일들을 해 보자~

분명 이 소시지빵처럼 앞으로 신나고 재밌는 일들이

가득할 거야~

빵 사이 뽀드득 소시지가 재밌게 씹히는 것처럼 하

루하루가 재밌을 거야~

여기에 옥수수콘과 치즈를 올리면 더 맛있어질 거야~

하지만 조금은 기다려야 해~

아직 발효가 되지 않았으니까 한 번, 두 번~

아직 발효가 한 번 더 남았으니 조금만 기다리면 될

거야~

우리도 소시지 빵이 발효되고 오븐에서 맛있게 구워

지듯이~

이렇게 어른이 될 거야~

맛있는 소시지빵을 만들자~

조금만 기다려 어른이 되자~ ♬

　　아이들의 제각각 모양의 소시지빵이 오븐으로 들어갔고 잠시
후 맛있는 소시지빵이 완성되어 나왔다.

　　"우와!"

　　아이들은 자신들이 만든 빵을 보며 탄성을 질렀다.

　　"네가 만든 거 너무 맛있어 보인다! 내가 만든 것도 봐봐!"

　　아이들은 모양이 제각각인 서로의 빵을 재밌어하며 소시지빵

을 맛있게 먹었다. 그 모습을 보며 슈가는 '언젠가 이 아이들도 맛있는 소시지빵 같은 어른이 되겠지?'라고 생각했다.

슈가는 오늘 아이들에게 소시지빵을 선물했다. 아이들에게 맛있는 소시지빵을 만들기 위해서는 조금은 참고 기다려야 한다는 것도 가르쳐 주었다. 그래도 제일 중요한 건 역시 소시지빵은 맛있다는 것이다.

빵을 설명하는 방법

어느 날 태어날 때부터 눈이 보이지 않고 맛을 느낄 수 없었던 9살 새싹이가 빵집에 놀러 왔다가 무언가 궁금한 게 생겼는지 슈가에게 질문했다.

"빵은 무슨 맛이야?"

"사랑하는 가족 같은 맛이지."

슈가가 재빠르게 대답했다.

"가족 같은 맛이 무슨 맛이야? 사랑처럼 따뜻한 거야?"

슈가의 대답을 듣고 새싹이가 다시 물었다.

"음…… 새싹아 너는 부모님을 사랑하지?"

"응!"

"빵은 마치 엄마, 아빠, 언니, 오빠, 동생, 할머니, 할아버지 같은 느낌이야."

슈가는 새싹이에게 설명을 하려고 의자를 끌어와 새싹이를 향해 바싹 붙였다.

"통밀빵은 아빠 같아. 겉은 딱딱하고 별로 달콤하지도 않고 심심한 맛을 내지만 사실 속은 아주 따뜻하고 부드럽거든. 많은 사람들이 달콤하고 강한 맛에 맛있다는 감정을 많이 느끼지만, 속이 불편하거나 아플 때는 이 통밀빵을 찾아. 왜냐면 부담 없이 먹을 수 있으니까! 따뜻하고 부드러운 속을 가진 빵. 그래서 통밀빵은 아빠 같아."

슈가는 말을 이어 갔다.

"이 샌드위치는 엄마 같아. 안에 벌써 사랑이 가득 담겨 있거든. 엄마는 사랑을 숨기지 못해서 밖에서만 봐도 속이 가득 차 있다는 걸 알 수 있어. 가득 차 있는 만큼 맛있고 그만큼 많은 맛을 느끼게 해 주지만 나이가 들어 갈수록 사람들은 샌드위치를 많이 찾지 않아. 어렸을 때는 너무 좋아하는 빵이지만 어느 샌가 더 다양한 맛을 찾아서 떠나지. 하지만 어렸을 때 먹었던 속이 가득 찬 샌드위치의 맛은 아무도 잊지 못할 거야!"

설명을 할수록 새싹이의 얼굴에는 웃음꽃이 활짝 피었다. 마치 한 번도 맛보지 못했던 통밀빵과 샌드위치를 맛보고 있는 느낌이었다.

"생크림빵은 마치 새싹이 동생 같아! 빵을 한 입 먹으면 그 안에 생크림이 새싹이의 동생처럼 제멋대로 터져 나오거든. 어떻게든 잘 먹어 보려고 해도 결국에 터져 나오는 생크림이 재밌기도 하고 맛도 좋은 빵이야!"

"내 동생은 진짜 말도 안 듣고 제멋대로인데 딱 닮았네. 후훗."

새싹이는 생크림빵을 닮은 개구쟁이 동생 새날이가 생각나서 웃음을 터트렸다.

"이 밤식빵은 할아버지, 할머니 같아! 할머니 집에 갔을 때 구워 주셨던 옥수수나 따뜻한 밤이 들어 있거든. 그 속을 한입 베어 물면 할머니 품속에 꼬옥 안기는 것처럼 포근하고 부드러워! 또 변함없는 할머니의 사랑처럼 부담 없이 먹을 수 있는 맛이야."

"우리 할머니 품은 정말 포근한데! 밤식빵 한번 먹어 보고 싶다. 할머니, 할아버지가 보고 싶어질 것 같아!"

새싹이가 신이 나서 말했다.

"그리고 이 빵은 새싹이 같은 맛이야." 슈가가 말했다.

"나 같은 맛이 나는 빵이 있어?"

새싹이도 너무 궁금한 나머지 슈가의 말이 끝나자마자 슈가의 손을 꼭 잡으며 말했다.

"응! 바로 샐러드빵! 푹신한 빵 사이에 상큼하고 신선한 샐러드를 가득 넣은 빵인데 우리 새싹이처럼 상큼해서 누구나 좋아하는 빵이야.”

새싹이는 잠깐 새싹이를 닮은 빵의 모습을 상상해 보았다. 너무 신나기도 했다. 자신을 닮은 빵이 있다는 건 분명 신나고 매력적인 일이니까!

“새싹아. 잠깐만 기다려. 내가 맛있는 샐러드빵을 만들어 올 테니까!”

“웅!” 새싹이는 신이 나서 큰 목소리로 대답했다.

슈가는 곧바로 샐러드빵을 만들기 시작했다.

먼저 감자와 당근을 깍둑 썰어 삶고 오이와 양파는 소금에 절여 놓았다. 그리고 삶고 있는 감자와 당근을 저어 주며 노래를 불렀다.

새싹이를 위한 빵을 만들자~ ♩

그건 바로 입 안 가득 상쾌함을 주는 샐러드빵~

앞으로 이 샐러드빵처럼 신나는 모험이 가득하겠지~

맛으로 느끼지 않아도 무엇이든 상상만으로 즐거울 거야~

우리를 즐겁게 하는 건 맛이 아닌 즐거운 상상이니까~

즐거운 상상을 해 보자, 새로운 꿈을 꿔 보자~

하늘을 나는 꿈, 세상 모든 맛을 느끼는 꿈~

무지갯빛 세상을 보며 맘에 드는 색을 골라 보는 꿈~

상상한다면 못할 일이 없을 거야~

꿈꾼다면 경험하지 못할 것이 없을 거야~

그게 바로 샐러드빵이라네~

다양한 상상이 가득한 오색빛깔 샐러드빵이라네~♬

슈가는 적당하게 삶아진 감자와 당근을 꺼내 식히고 어느 정도 식었을 때 손질해 놓은 양파와 오이를 섞어 주었다. 소금과 설탕, 마요네즈를 넣고는 슈가의 커다란 나무 숟가락으로 저어 주었다. 마지막으로 삶은 달걀을 넣어 으깨 섞어 준 다음 방금 구워져 나온 따뜻한 오곡빵 속에 감자샐러드를 가득 넣어 주었다.

"자. 여기 샐러드빵! 한번 먹어 봐. 새싹이와 닮은 맛을 상상하면서!"

슈가가 방금 만든 샐러드빵을 새싹이 손에 쥐어 주며 말했다.

새싹이는 빵을 입 안 가득 먹고는 아삭한 식감을 느끼며 그 맛을 상상해 보려 애썼다.

"슈가 언니! 맛이 느껴지는 것 같아. 신나는 맛이야. 뭔가……
행복한 맛이야."

새싹이는 정말로 샐러드빵의 실제 맛과 비슷한 맛을 경험했다. 슈가의 설명과 새싹이를 향한 사랑이 실제와 비슷한 빵의 맛과 행복을 결국 전달한 것이다.

"빵은 참 사랑스러운 거구나. 그 맛도 모양도 사랑스러워. 언니 나는 이제부터 빵을 사랑해 줄래!"

새싹이가 환한 미소를 지으며 말했다.

슈가는 오늘 한 가지를 또 배웠다.

'빵을 먹지 않아도 그 자체로 행복해질 수 있구나.'라는 사실을.

슈가의 고집

매일 반복되는 반죽과 뜨거운 오븐의 열기는 맛있는 빵을 만들기 위해서라면 반드시 견뎌야 하는 제빵사들의 시련이다. 그렇게 만들어진 빵이 다 팔리지 않았을 때, 슈크 씨는 다음 날에도 팔리지 않은 어제의 빵을 진열해 놓곤 했다.

"어제 빵은 팔면 안 돼요! 맛이 없다고요!"

슈가가 당돌한 표정으로 말했다.

"슈가. 이건 충분히 맛있고 먹을 만하단다. 게다가 이 어제의 빵을 찾는 사람들도 있어. 하루 정도 지난 빵은 먹어도 괜찮단다. 게다가 이렇게 어제의 빵이라는 안내문구도 붙여 놓았으니까 말이지."

슈크 씨가 슈가를 설득하려 말했다.

"안 돼요! 그날 만든 빵은 그날 팔거나 아님 버려야 해요!"

슈가가 단호하게 말했다. 본 적 없던 단호한 태도에 슈크 씨는 놀랐지만 슈가가 한 말의 의도와 그 생각을 알았기에 충분히 이해할 수 있었다.

"알았다. 그럼 내일이 되면 오늘 만든 빵은 볼 수 없는 걸로 하자."

슈크 씨가 인자하게 말했다.

그 순간 달콤한 제과점의 문이 열렸다.

'딸랑'

"어서 오세요. 세상에서 제일 맛있는 달콤한 제과……."

"안녕하세요."

슈가의 말이 채 끝나기도 전에 보육원에서 아이들을 돌보는 이담 양이 인사를 했다.

"아이들이 빵을 먹고 싶어 해서요…… 혹시 남는 빵이 있을까요?"

이담 양은 쑥스럽게 말했다.

"안녕하세요. 담 씨. 죄송하지만 오늘은 드릴 빵이 없을 것 같네요. 다음에 제가 빵을 만들어서 한번 찾아 가겠습니다."

"네…… 알겠습니다. 혹시 빵이 남으면 아이들을 생각해 주세요. 이 집 빵을 참 좋아한답니다. 따뜻하지 않아도 너무 맛있다고 잘 먹어요. 매번 드리는 건 없고 부탁만 하는 것 같아 죄송하네요. 그럼 이만 돌아가 볼게요. 수고하세요."

이담 양은 나가면서 눈인사를 했다. 슈크 씨를 향한 감사함과 미안함 등 많은 말들이 다 담겨 있는 그런 눈인사였다. 슈가는 뭔가 잘못된 느낌이 들었다. 저 아이들도 빵을 좋아할 것이다. 하지만 하루 지난 빵은 줄 수가 없다. 이건 절대 꺾을 수 없는 슈가의 고집이었다.

"아이들이 빵을 먹을 수 있는 방법이 없을까요?"

슈가가 조심스럽게 물었다.

"한번 생각해 보렴. 방법은 언제나 있기 마련이니까."

슈크 씨가 말했다. 매번 빵을 그냥 줄 수는 없을 것이다. 하루 지난 빵을 주는 것 외에는 말이다.

"그렇다면 혹시 오늘 다 팔고 남은 빵을 저녁에 아이들에게 주는 건 어떨까요? 그러면 오늘 만든 빵을 아이들도 맛있게 먹을 수 있을 거예요!"

슈가가 말했다.

"그럼 이제부터는 빵을 좀 더 많이 만들어야겠구나. 그래야 아이들이 먹을 수 있을 만큼 많은 빵이 남을 테니까."

슈가와 슈크 씨는 이날부터 빵을 조금 더 많이 만들기 시작했다.

아이들을 위한 빵을 만들자~ ♩

오늘 얼마나 배가 고플까~

빵을 많이 만들었으니 아이들이 배부르게 먹을 수

있을 거야~

항상 적당히, 아니면 조금 받았겠지만~

달콤한 제과점엔 그 사랑만큼 빵이 가득하다네~

사랑은 멀리 있지 않아 마치 정성스럽게 만든 이 많

은 빵들처럼~

너희들을 사랑하는 사람들이 많아 마치 다리가 퉁퉁

부은 이담 양처럼~

달콤한 빵집에선 항상 빵이 가득하다네~

누구나 맛있게 먹을 수 있는 빵이 가득하다네~

이곳은 사랑의 빵집, 여기는 행복의 빵집~

슈가의 빵집이라네~♬

며칠 뒤 저녁 늦게 빵집의 문이 열렸다.

"딸랑"

"어서 오세요. 세상에서 제일 맛있는 달콤한 제과점입……."

"안녕하세요."

슈가는 인사가 도중에 끊어졌을 때 누가 왔는지 바로 알아차
렸다. 역시 이담 양이였다.

"혹시 빵을 좀……."

"맛있는 오늘의 빵을 많이 준비해 놓았답니다. 아이들에게 전해 주세요!"

이번에는 슈가가 이담 양의 말을 가로채며 외쳤다.

"이렇게 많이 주셔도 괜찮나요?"

이담 양이 수북하게 쌓인 빵 주머니를 보며 말했다.

"당연하죠! 그건 아이들을 위한 빵이에요. 누가 만들었는지 묻는다면 그냥 친절한 제빵사가 만들었다고 전해 주세요. 다음에도 빵을 많이 만들어 놓을 거니까 언제든지 행복을 전하는 달콤한 제과점을 찾아 주세요!"

슈가가 말했다.

이담 양은 평소처럼 가벼운 눈인사를 한 뒤 떠났다. 사랑을 가득 담은 따뜻한 오늘의 빵을 들고 가는 그녀의 두 손은 무거웠지만 발걸음은 가벼웠다.

슈가 스스로를 위한 빵

"슈가야 이리 좀 와 보렴."

슈크 씨가 슈가를 손짓으로 부르며 말했다.

"슈가. 네가 이 빵집에서 같이 일한 지도 어느덧 1년이 되어 가는구나. 이맘때쯤엔 힘들고 지칠 법도한데 너무 잘해 주고 있어서 고맙기도 하고 한편으로는 안쓰럽기도 하구나."

"아니에요! 저는 너무 재밌고 행복한 걸요! 이렇게 빵을 만들수 있다는 것에 오히려 제가 더 감사해요." 슈가가 대답했다.

"그렇구나. 사실 나는 너에게도 스스로를 위한 시간과 선물이 필요하다는 말을 하고 싶었단다. 남을 위한 빵을 만들고 시간을 투자하는 것도 중요하지만 슈가 너 스스로를 위해서도 시간과 사랑을 쏟아야 해. 그래야 지치지 않고 스스로도 행복해질 수 있단다. 나도 예전에 처음 빵 만드는 법을 배우고, 일하면서 많이 힘들었지만 매달 나를 위한 빵을 만들었고 그러면서 즐거움을 찾고 행복한 시간을 보낼 수 있었단다. 슈가도 스스로를 위해 그렇게 해 주었으면 좋겠구나."

슈크 씨의 진심 어린 말이 슈가의 마음을 따뜻하게 해 주었다.

"네. 저 스스로를 위한 시간을 보내 볼게요!"

슈가는 따사로운 햇살이 창문을 비집고 들어오는 한가한 주말 오후에 슈가의 은색 볼을 꺼냈다.

"나를 위한 빵…… 그래 그 빵을 만들어야겠다."

따사로운 햇살이 비춰 올 때~ ♩

바람 솔솔 불어오는 아침에~

빵은 맛있게 구워지겠지~

언제나처럼 나에게 희망을 부풀게 하면서~

언젠가처럼 즐거운 상상을 하게 하면서~

때론 힘들겠지만 나에겐 그것 또한 기쁨이라네~

빵은 실패해도 모양이 조금 안 나왔을 뿐~

그 맛은 여전히 맛있다네~

즐거운 상상이 가득한 하루하루를 보내자~

모양이 예쁘지 않아도 그저 새로 도전하면 되는 거야~

맛있는 빵을 만들기 위한 길을 가는 거야~

바람이 솔솔 불어오네~

햇살이 기분 좋게 들어오네~

나를 위한 빵, 크림치즈가 듬뿍 들어간 빵을 만들자~

오늘 하루도 달콤할 거야 마치 이 크림치즈의 달콤
함처럼~

내일도 즐거울 거야 마치 이 크림치즈의 재밌는 식
감처럼~

슈가는 이렇게 즐거운 하루를 보낸다네~

빵이 매일매일 즐거운 하루를 선물해 준다네~♬

　슈가는 설탕, 소금, 이스트, 강력분을 넣고 반죽하다가 반죽
이 어느 정도 완성되었을 때 버터를 넣고 정성스레 반죽했다.
몇 번의 발효 후에 부풀어 오른 반죽을 둥글리고 동글동글하게
펴서 가운데 크림치즈를 듬뿍 넣었다. 그래도 부족한지 한 번
더 펴서 꾹꾹 넣었다. 크림치즈에는 슈가만의 특별한 행복 시럽
을 몇 방울 첨가했다. 몇 방울만으로도 크림치즈의 맛을 몇 배
더 맛있게 만들어 줄 것이다. 오븐에서 맛있게 구워져 나온 빵
에 마지막으로 슈거 파우더를 골고루 뿌려 주었다.

　"입 안 가득 달콤하게 퍼지는 크림치즈의 맛이 너무 좋다."

슈가는 크림치즈가 가득 들어간 크림치즈빵을 입 안 가득 먹으며 말했다.

어느 특별한 맛이 아닌 그냥 재료 그대로의 맛으로도 행복을 주는 빵은 슈가를 그냥 이대로 행복하게 해 주었다.

"그냥 이대로 좋다."

특별한 휴식을 생각해 본 적은 없지만 언제나 빵을 만드는 시간은 행복했다. 그동안은 남을 위해 빵을 만들었지만 오늘 스스로를 위해 만든 빵으로 행복해하는 자신의 모습을 보며 슈가는 다시 한번 행복을 주는 빵을 만드는 사람이 되겠다고 다짐했다.

"빵이란 게 한 사람에게 이렇게 위로가 되고 행복이 되는구나."

그날 저녁. 슈가는 꿈을 꿨다. 푸른 이스트 사이로 훨훨 날아오르는 꿈. 꿀타래 같은 날개가 슈가를 날아오르게 하고 하늘로 날아오른 슈가에게서 하얀 설탕 가루가 눈처럼 날렸다. 한참을 날다가 옆을 보았더니 소라를 닮은 소라빵들이 나팔을 불고 바게트빵은 열심히 북을 연주한다. 달콤한 설탕 폭포는 저 멀리

무지갯빛으로 반짝이며 떨어진다. 하늘에 떠 있는 솜사탕 구름을 지나가다 조금 떼어 먹어 본다. 솜사탕 구름의 달콤함은 정말 환상적이다.

행복한 휴식을 보낸 슈가의 오늘.

그냥 이대로 좋다.

홍당무 양의 눈물

베이커리가 9번지에는 온통 주황색으로 가득한 집이 있다. 바로 홍당무 양의 집이다. 베이커리가에서 유일하게 당근 농사를 짓는 집이기도 했다. 하지만 당무 양은 당근을 별로 좋아하지 않았다. 대대로 농사를 지어 왔기 때문에 홍당무 양도 앞으로 그 가업을 이어서 농사를 지어야 한다는 사실은 홍당무 양을 항상 슬프게 만들었다.

"난 저런 맛도 없는 당근 농사는 짓고 싶지 않아!"

홍당무 양이 아버지에게 소리쳤다. 마을 사람들이 전부 듣고도 남을 정도로 큰 소리였다.

"아니…… 당무야!"

홍당무 양의 아버지 홍무 씨는 당무 양에게 그 순간 어떤 말을 해 주어야 할지 몰랐다. 결국 당무 양은 말이 끝나자마자 눈물을 흘리며 농장을 뛰쳐나왔다.

'아빠는 모를 거야. 내가 얼마나 당근을 싫어하는지. 어렸을 때도 너무 먹기 싫었다고!'

홍당무 양은 눈물을 흘리며 하염없이 걸었다.

― 달콤한 제과점 안. 슈가의 노래.

세상에서 제일 맛있는 당근으로 파운드케이크를 만들자~ ♩

베이커리 9번지 당근 농장에서 아침에 들어온~

이 세상 최고의 당근을 넣어야지~

그냥 먹어도 맛있지만 빵으로 만들면 더 맛있을 거야~

따뜻한 우유에 생크림을 넣고 저어야지~

여기에 황금알을 넣고 휘휘 젓다가~

소금도 넣고 설탕도 넣고 밀가루도 넣자~

또 살살 젓다가 당근을 가득 넣어야지~

주황색 가득한 당근을 가득 넣어 또 젓자~

이제 틀에 담아 오븐에 넣어야지~

노릇노릇하게 익어 나오는 달콤 향긋한 당근 파운드케이크~

모두들 당근을 좋아할 거야 아이부터 어른까지~

이 케이크도 모두 좋아할 거야 어른부터 아이까지~♬

홍당무 양은 뛰쳐나온 이후 계속 걸었기 때문에 어느새 너무 배가 고프고 힘들어졌다. 그러던 중 어디선가 맛있는 냄새가 나서 주변을 돌아보았다.

[베이커리가 105번지]

무작정 걷다 보니 어느새 베이커리가 105번지까지 온 것이다. 슈크 씨의 달콤한 제과점 바로 앞이었다.

'와 엄청 맛있는 냄새!'

하루 종일 아무것도 먹지 못한 당무 양이 무언가 이끌리듯 달콤한 제과점 안으로 들어갔다.

"어서 오세요! 달콤한 제과점입니다. 방금 갓 나온 빵이 있습니다!"

슈가는 누군가 들어오는 걸 보고 기다리다가 도저히 못 참겠는지 당무 양이 문을 조금 열자마자 외쳤다.

"네. 안녕하세요. 밖에서 나는 냄새가 그 갓 나온 빵 냄새 맞나요?"

당무 양이 살며시 눈을 감고 코로 냄새를 음미하며 말했다.

"네. 맞습니다! 방금 아주 맛있는 파운드케이크가 완성됐거든요! 맛있는 냄새만큼 맛도 좋답니다."

슈가가 큰 눈으로 홍당무 양을 바라보며 말했다.

"지금 먹어 봐도 될까요?"

배가 고팠던 당무 양이 간절한 목소리로 말했다.

"당연하죠! 자 여기 파운드케이크와 칼, 그리고 포크가 있습니다."

"감사합니다."

배가 고팠던 당무 양은 파운드케이크를 자르지 않고 포크로 가득 떠서 입 안 가득 먹었다.

"음……. 너무 맛있어요! 부드러우면서 속은 정말 촉촉하네요. 그리고 그 안을 가득 채우는 달콤함…… 이렇게 맛있는 재료는 대체 뭐죠? 촉촉하면서 입 안 가득 건강한 느낌을 주는 재료요!"

홍당무 양이 파운드케이크를 계속 먹으며 물었다.

"당근이요!"

슈가가 재빨리 대답했다.

"게다가 저희 빵집은 베이커리가 9번지에서 생산된 최고의 당근만을 쓴답니다!"

"당근…… 이라고요? 이렇게 맛있는 재료가 당근이라고요?"

깜짝 놀란 당무 양이 케이크 먹는 것을 멈추고 슈가를 쳐다보며 말했다.

"네. 당근이에요! 그것도 최고급 당근이요."

슈가는 한 번 더 말해 주었다. 또 물어본다면 직접 당근을 꺼내 와서 보여 줄 생각이었다.

"당근이 이렇게 맛있다니…… 저는 한 번도 당근이 맛있다고 생각해 본 적이 없어요. 그런데 이 빵은 너무 맛있네요…… 처음이에요, 당근이 이렇게 맛있었던 적."

당무 양이 무언가에 충격을 받은 것 같아 보이는 표정으로 말했다.

"당무야. 여기 있었구나!"

당무 양의 아버지인 홍무 씨가 땀을 뻘뻘 흘리며 가게 안으로 급히 들어왔다.

"아빠…… 죄송해요."

"우리 당무 괜찮니? 어디 다친 곳은 없지? 그렇게 나가서 얼마나 걱정을 했는지……."

홍무 씨는 당무 양을 꼭 안아 주었다. 그리고는 오는 내내 당무를 만나면 해 줘야겠다고 생각했던 말을 하기 시작했다.

"당무야 우리 농장에서 꼭 일하지 않아도 괜찮아. 당무 네가 하고 싶은 일을 하렴. 좋아하는 걸 해 봐. 아빠도 어려서부터 당근 농장에서 일했지만 사실은 포도 농장을 하는 게 꿈이었단다.

우리 당무만큼은 하고 싶은 일을 하면서 행복했으면 좋겠어."

홍무 씨가 아까 꼭 해 주어야 했지만 하지 못했던 말, 그리고 당무에게 언젠가는 해 주려고 했던 그 말을 조금은 늦었지만 진심을 담아 말했다.

당무 양은 잠시 마음을 정리하는 것 같더니 잠시 후 슈가에게 말했다.

"슈가 양 맞죠? 뭐 하나만 물어봐도 될까요?"

"네, 무엇이든지 물어보세요!"

"사람들이 이 당근케이크를 좋아하나요?"

"저희 가게에서 가장 잘 팔리는 케이크 중 하나랍니다. 파운드케이크 중에서는 손님들이 당근파운드케이크를 가장 좋아해요. 그리고 모두들 당근이 너무 맛있다고 칭찬한답니다!"

슈가가 신이 나서 말했다.

"그렇군요. 감사해요. 아빠. 저는 당근 농장으로 돌아갈래요. 많은 사람들에게 당근이 이렇게 맛있다는 걸 알려 주고 싶어요. 그럴 수 있도록, 최고의 당근을 만들 수 있도록 열심히 해 볼래요. 지금까지는 당근이 미웠지만 지금은 너무 사랑스러워요. 가요. 농장으로!"

당무 양이 홍무 씨에게 말했고 둘은 슈가에게 감사하다는 말을 남기고 떠났다. 최고의 재료는 맛있는 빵만큼이나 중요하다. 슈가는 그 둘을 보면서 최고의 빵 뒤에는 언제나 최고의 재료가 있듯이 훌륭한 사람 뒤에는 최고의 사람을 만들어 주는 훌륭한 사람이 있다고 생각했다.

슈가에게 슈크 씨가, 당무 양에게는 홍무 씨가 있는 것처럼.

숨겨진 레시피

이 세상에 더 이상 존재하지 않는, 다시 말해 지금은 사라진 레시피가 있다고 전해진다. 그 맛의 기록은 이러했다.

> "포도알처럼 달콤하고 구름처럼 희고 부드러운 맛
> 이며, 그 빵을 한번 맛보면 구름 뒤에 숨겨진 꿈을
> 발견할 수 있다."

많은 제빵사들은 이 빵이 포도로 만든 빵이라고 생각하며 식빵 위에 생포도를 올려 보기도 하고 건포도며 포도주를 이용해서 수많은 빵을 시도해 보았지만 역시나 모두 실패하고 말았다. 건포도로 만든 빵은 포도의 식감 때문에 '구름처럼 부드러운' 맛을 내지 못했으며 포도주로 만든 빵은 '희고 부드러운 맛'이 아니라 빨갛고 텁텁한 맛을 내었기 때문이었다. 몇몇은 기록의 뒷부

분인 '희고 부드러운 맛' 부분만을 이용해서 생크림 케이크를 만들어 보았지만 그 케이크를 맛본 사람들이 맛있게 먹기는 하였지만 숨겨진 꿈을 발견하지는 못했다. 사실 이 빵은 이스트 3023년에 만들어졌으며, 한 아이를 위해 만들어졌다고 전해진다.

— 이스트 3023년 어느 날 부드러움푹신고소달콤빵집.

"슈가." 길을 나서는 마들렌 여사가 슈가를 불렀다.
"네! 마들렌 여사님."
"잠깐 궁궐에 좀 다녀올게요. 부족한 재료를 추가로 주문해야 하거든요. 그동안 빵집을 좀 부탁해도 괜찮겠죠? 손님이 오면 빵을 팔기만 하면 돼요."
"무슨 재료를 받아 오시려고요? 빵집은 걱정마세요!" 슈가가 궁금함에 마들렌 여사에게 바짝 다가와 물었다.
"황금알이랑……. 제가 찾는 재료가 있거든요. 평생 찾았지만 아직 못 찾았죠. 그 재료가 있는지도 좀 보고 올게요."
"찾아다니는 재료요? 마들렌 여사님이 못 구하는 재료도 있나요?"
빵의 재료가 부족할 때마다 도대체 어떻게 구했는지 궁금할 정도로 언제 어디서든 찾아냈던 마들렌 여사였기에 슈가는 의아해하며 물었다.

"비밀이에요. 사실 저도 그게 뭔지 잘 모르거든요. 후훗. 다녀올게요."

마들렌 여사가 알 듯 모를 듯한 미소를 지으며 나갔다.

슈가는 '대체 그 재료가 뭘까?'라고 생각하며 몇 가지를 추리해 보았지만 아무리 생각해도 알 수 없었다. 슈가가 생각할 수 있는 재료들은 모두 구하기 쉬운 재료들이었다.

슈가가 마들렌 여사가 말한 재료를 궁금해하며 빵집을 혼자 지키고 있을 때 누군가 빵집 문을 열고 들어왔다.

"어서 오세요. 세상에서 제일 맛있는 빵을 파는 부드러움푹신 고소달콤빵집입니다."

오랜만에 들어오는 손님에 신이 난 슈가가 큰 목소리로 외쳤다.

"슈가야. 오랜만이구나."

검소하지만 깔끔한 옷차림을 한 남자가 들어오며 말했다. 그가 옷에 달린 모자를 벗었을 때 슈가는 그가 누군지 바로 알 수 있었다. 이스트 왕국의 왕 베이크 경이었다. 이전에도 멀리서 그의 얼굴을 한 번 본 적이 있었지만 이렇게 가까이서 본 것은 처음이었다. 하지만 슈가의 이름을 부르는 갓 구운 빵같이 따뜻한 그의 목소리는 이번이 처음 듣는 게 아니라고 느껴졌다. 언젠가 한 번 이 목소리를 들어 본 적 있어. 따뜻하고 차분한 목소리. 슈가는 여러 생각을 하다가 앞에 베이크 경이 있다는 사실을 깨닫고는 이내 정신을 차렸다.

"아…… 안녕하세요."

슈가는 왕에게 어떻게 인사를 해야 하는지 몰랐기 때문에 어디선가 본 대로 양쪽 팔을 옆구리에 붙이고 무릎을 살짝 굽히며 최대한 예의 바르게 인사했다.

"오, 슈가. 그렇게까지 인사할 것 없단다. 오늘은 그저 평범한 한 사람으로서 만나러 온 거니까."

"저한테 하실 말씀이 있으신 건가요?"

슈가는 왕이 왜 이곳까지 왔을까 너무 궁금했지만 바로 물어보는 건 왕에 대한 예의가 아닌 것 같아서 궁금증을 최대한 내색하지 않으며 말했다. 내심 베이크 경의 빵집에서 일을 너무 잘했기 때문에 이제는 왕국 안에 있는 빵집에서 일하게 하려는 건 아닐까,라고 생각해 봤지만 왕의 분위기가 그것 때문에 온 것은 아닌 것 같았다.

"빵을 만들어 주려고."

베이크 경의 말에 슈가가 의아해하며 물었다.

"빵이요? 여기에도 이렇게 빵이 많은 걸요? 이곳에는 없는 빵인가요?"

"그래. 여기뿐만 아니라, 그 어디에서도 만들 수 없는 빵을 만들 거란다."

슈가의 의아함을 이해한다는 듯이 베이크 경이 말했다.

"이 빵은 온 세상에 단 하나밖에 없는 재료로 만든 빵이란다."

"그 재료가 뭐죠?"

"꿈. 그건 바로 꿈이라는 재료이지."

"꿈이라고요?" 슈가가 바로 되물었다.

"꿈나무라고 들어 봤니? 온 세상에서 단 하나뿐인 나무란다. 거기에는 꿈 열매가 열리는데 그 열매는 일 년에 단 하나밖에 열리지 않지. 그래서 우리는 그 꿈나무 열매로 어떤 빵을 만들어야 할지 매년 고민하고 있단다."

"그렇게 귀한 열매로는 어떤 빵을 만들어야 맛있나요?"

"맨 처음 만든 빵은 꿈식빵이었어. 이 이스트 왕국을 세운 사람들과 그 백성들이 모두 모여 꿈식빵을 나누어 먹었단다. 꿈열매는 한 명이 먹었을 땐 크고 원대한 꿈을 꿀 수 있지만 여러 명이 나누어 먹으면 그 효과가 분산돼 작은 꿈이 되어 버리고 말지. 그래도 우리는 그 식빵을 나누어 먹으면서 모두 함께 작은 꿈을 꾸며 시작했어. 이 나라에서 맛있는 빵을 먹으며 모두가 행복하게 사는 꿈 말이야."

베이크 경이 말을 하면서 그때가 생각나는지 얼굴에는 행복한 미소를 띠었다. 그러다 슈가를 다시 쳐다보며 말했다.

"오늘은 슈가 너를 위해 왔단다. 내가 이 꿈열매로 빵을 만들어 주려고."

"왜 저를 위해서 이 꿈열매를 사용하시는 거죠? 저 말고 다른 사람에게 빵을 만들어 줄 수도 있잖아요?" 슈가는 이렇게 귀한 열매를 자신에게 쓴다는 것이 조금 부담스럽고 벅차게 느껴졌기 때문에 이렇게 말했다.

"네가 우리 왕국의 미래이고 꿈이라고 판단했기 때문이란다. 슈가는 앞으로 수많은 사람들에게 꿈과 희망을 나누어 주는 존재가 될 거란다. 물론 지금은 알 수 없겠지만. 나중에 너로 인해 누군가 꿈을 꾼다면 지금 내가 했던 말을 기억해 주렴. 네가 이제 꿈나무가 되는 거야. 앞으로 일 년에 열매가 한 개가 아닌, 수많은 꿈열매를 맺을 꿈나무 말이야."

"제가 정말 그런 사람이 될 수 있을까요? 사람들에게 행복한 꿈을 꾸게 할 수 있을까요?"

"바게트빵에서도 달콤함을 느낄 줄 알고 부드러운 빵이 주는 따뜻하고 포근한 위로를 아는 슈가라면 충분히 그런 사람이 될 수 있을 거란다." 베이크 경이 확신에 찬 목소리로 말했다.

"저는 바게트빵이 달콤하다고 생각해요. 생각보다 거칠고 단단한 빵이지만 속은 그 어떤 빵보다 부드럽고 오래 씹을수록 고소하고 달콤한 빵이잖아요! 그 부드러움이라면 어떤 단단한 사람이라도 부드러워질 거예요!"

"역시. 내가 아는 슈가답구나."

베이크 경이 말을 하면서 온화한 미소를 지었다.

"그럼 나를 좀 도와주겠니?"

"네! 준비됐어요!"

"고맙다. 많은 도움이 될 거야."

베이크 경이 가져온 꿈열매는 희고 반짝이는 솜털 같은 것으로 싸여 있었다. 슈가가 그 열매를 한번 만져 보았는데 구름같이 부드러웠고 만지는 것만으로도 포근하고 따뜻하게 위로받는 느낌이 들었다.

"자. 시작해 볼까? 먼저 은색 볼을 꺼내자."

베이크 경은 은색 볼 안에 황금알, 흰 설탕, 아카시아 꿀을 넣고 휘휘 저었다. 그 후에 은색 볼을 뜨거운 물 위에 올리고 휘휘 저었다. 어느새 끈기가 생긴 반죽을 꺼내어 조금 더 섞어 준 다음, 생크림을 넣고 또 휘휘 저었다. 그리고는 동그랗게 생긴 틀 안에 반죽을 가득 붓고 오븐에 넣어 30분을 구워 주었다. 그렇게 꺼내어 식힌 빵은 황금색으로 빛나고 있었다.

"이제 빵이 완성되었으니 조금 식히는 동안 크림을 만들어 볼까?"

"네!"

슈가의 대답과 함께 베이크 경은 또 다른 은색 볼을 꺼냈다. 그 안에 박력분, 흰 설탕, 달걀노른자를 넣어 잘 섞어 준 다음 꿈열매를 반으로 잘라서 짜낸 희고 부드러운 과육과 버터와 바닐라빈을 추가로 넣고 데워 가며 섞어 주었다.

부드러움이 가득한 구름을 닮은 빵을 만들자~♪

포도알처럼 달콤하면서 눈처럼 희고 흐르는 물처럼

부드럽게 녹을 거야~

수많은 꿈열매를 선물할 슈가를 위해~

꿈이 가득한 빵을 만들자~

슈가의 빵은 사람들에게 행복을 선물할 거야~

꿈열매보다 몇 배 더 많은 꿈과 행복이 열릴 거야~

슈가의 빵에 행복을 더하자~

이 나라의 꿈을 슈가에게 맡기자~

조금은 부담이 되겠지만 잘 해낼 수 있을 거야~

슈가에겐 사랑이 가득하니까~

행복을 선물하겠다는 의지가 행복을 만드는 거니까~

이 꿈열매로 이제 시작되는 거야~

모두가 슈가의 빵을 먹으며 행복해지는 꿈~

그 슈가의 꿈이 이제 곧 이루어질 거야~♬

베이크 경은 노래가 끝난 뒤 만들어진 빛나는 크림을 얼음물에 조금 식히고 나서 저어 주었다. 그랬더니 한눈에 봐도 부드럽고 달콤해 보이는 크림이 완성되었고 먹지 않아도 그 향기만으로 행복을 느낄 수 있을 정도였다.

그렇게 완성된 것들을 가지고 와서 동그란 원판에 잘라 낸 빵을 놓고 꿈열매 과육을 먹기 좋게 잘라 채워 넣었다. 그 위에 만들어 놓은 크림을 가득 부었다. 또 그 위에 빵을 올리고 생크림과 설탕을 섞어 만든 크림을 부은 후 꿈열매를 조그맣게 잘라 위에 올려 주었다. 이렇게 꿈케이크가 완성되었다.

"와! 너무 맛있어 보여요! 이렇게 희고 향기만으로도 달콤한 케이크는 처음 봐요!"

슈가가 케이크를 가까이에서 보며 말했다.

"한번 먹어 보렴. 너를 위한 케이크니까."

슈가는 케이크를 크게 떠서 먹었다.

"으음…… 너무 맛있어요. 너무 행복해요. 이건 뭔가 꿈을 꾸고 있는 것 같아요. 정말 행복한 꿈. 제가 하고 싶었던 일들을 정말 잘해 내는 그런 꿈이요. 그런데 이게 더 이상 꿈이 아니라

할 수 있을 것 같다는 생각이 들어요. 전 할 수 있어요! 지금까지도 열심히 했지만, 앞으로도 열심히 노력해서 최고의 제빵사가 될 거예요. 사람들에게 꿈과 희망을 주는 제빵사가요!"

"그래. 그게 슈가 너의 꿈인가 보구나. 할 수 있을 거다. 잘해 낼 수 있을 거야. 그래도 한 가지는 꼭 기억해 주렴. 모든 꿈에는 반드시 노력이 필요하다는 것을 말이지. 슈가도 앞으로 많은 노력을 해야 할 거야."

베이크 경이 슈가를 따뜻한 눈으로 바라보며 말했다.

"네! 감사합니다."

슈가는 이렇게 또 하나의 꿈을 꾸었다.

"그런데 이 케이크 한 조각은 남겨 놓아도 될까요? 주고 싶은 사람이 있어서요."

"슈가. 열매를 다 먹지 않으면 그만큼 꿈은 작아지게 된단다. 꿈을 나누는 것이 되니까 말이야"

"괜찮아요. 저 혼자 꾸는 꿈이라면 꾸지 않는 편이 나을지도 몰라요. 다 함께 꾸는 꿈이 더 행복하지 않을까요? 예전 꿈식빵을 나누어 먹었을 때처럼요!"

슈가가 행복하게 웃으며 말했다. 베이크 경도 슈가를 따라 활짝 웃었다.

"그래. 그렇게 하렴."

— 그날 오후.

"슈가. 저 왔어요."

"아, 마들렌 여사님! 그럼 저는 이만 가 볼게요! 내일 봬요."

슈가가 빵집으로 돌아온 마들렌 여사에게 급하게 인사를 하며 나갔다.

"뭐가 저리 바쁘신지."

마들렌 여사는 그러면서 빵집 테이블 위에 놓인 케이크 한 조각을 발견했다.

> 찾으시는 재료는 찾으셨나요? 못 찾으셨더라도 이
> 달콤한 케이크 한 조각이 힘을 줄 거예요. 달콤한 케
> 이크는 언제나 힘을 주니까요.
>
> — 사랑하는 슈가가

쪽지를 읽으며 마들렌 여사는 감동해서 눈물이 고였다.

"아휴. 참. 이런 건 또 언제 배운 거죠? 사람을 이렇게 감동하게 만드시고"

마들렌 여사는 테이블 위에 놓인 케이크를 크게 떠서 한 입 먹었다.

"이 맛은…… 슈가, 정말 이런 귀한 걸 나누어 주다뇨…….."

마들렌 여사는 어느 하루가 생각났다. 처음 이스트 왕국이 세워졌던 날. 하루 종일 왕국을 건설하는 그 마무리 작업을 힘들게 마치고 모두가 둥글게 앉아 베이크 경이 만들어 온 식빵을 나누어 먹었던 날. 그날 꿨던 꿈들과 힘들어도 함께해서 행복했던 기억들. 이 케이크의 맛은 그때 먹었던 빵의 맛과 똑같았다. 그 맛을 잊지 못해 재료를 찾으러 다녔던 마들렌 여사였기 때문에 슈가의 케이크는 마들렌 여사에게 더 큰 감동을 선물했다.

"고마워요. 정말 고마워요. 슈가가 있어서 행복하네요. 이제 더 이상 재료를 찾지 않아도 될 것 같아요. 슈가의 빵은 그보다 더 큰 행복을 주니까요."

슈가의 꿈은 벌써 이루어지고 있었다. 사람들에게 행복을 주는 제빵사가 되겠다는 꿈이 이루어지는 첫 번째 순간이었지만 슈가는 아직 모르고 있었다.

비 오는 날의 하모니

비가 오는 날이면 빵을 만들기가 어려워. 습도가 달라지거든. 그래도 빵에 조금 집중한다면 얼마든지 예쁜 모양의 빵을 만들 수 있어. 빵은 언제나 제빵사에게 말을 하고 있기 때문이지. '너무 습해.'라든가, '너무 온도가 높아.'라든가…….

그리고 먹는 사람에 따라서 가끔은 '사랑해.'나 '고마워.', '걱정 마.', '괜찮아.'라는 말을 듣기도 하지. 일하다 한 실수를 만회하느라 밥 먹을 시간이 없었기 때문에 잠깐 시간을 내어 급하게 단팥빵을 먹던 사람은 '괜찮아.'라는 말을 들었고, 생일날 혼자 초를 불고 먹고 있었던 생크림케이크가 '사랑해.'라는 말을 해 주었대. 빵은 만들어지기 예민한 만큼 먹는 사람의 기분에 따라 맛이나 느낌이 달라지지. 그리고 그거 알아? 비 오는 날 만들어진 빵은 '행복해.'라는 말을 해 준대. 제일 만들기 힘들고 어려운 만큼 비 오는 날의 빵은 먹는 사람에게 행복을 선물하지. 비가 오면 빵을 먹으러 오렴. 우산이 없어 비를 많이 맞고 온다면 빵이 따뜻함을 선물할 거야! 추적추적 오는 비가 싫을 때에도 빵은 기쁨을 선물할 거야. 그럼 어느새 비 오는 날이면 빵이 생각날 거야.

[비 오는 날. 슈크 씨의 달콤한 제과점]

슈가는 비가 쏟아지는 수요일 오후 어느 때처럼 빵을 만들고 있었다.

"비가 많이 오네."

달콤한 제과점에는 창문이 총 6개가 있었고 빗방울들은 그 6개의 창문에 부딪히며 각각 다른 음을 내었다. 마치 빗방울이 작곡한 하나의 음악 같았다.

"비가 오는 날이면 난 빵이 먹고 싶어져. 빵 생각과 함께 잊어버린 무언가가 떠올라서 기억해 내려 애써 보지만 도저히 생각나질 않는단 말이지. 뭘까? 뭘 잊어버린 걸까? 설탕 넣는 걸 깜빡했나? 생크림을 안 넣었나?"

그때 베이비슈가 말했다.

"괜찮아 슈가야. 잘하고 있어."

"베이비슈야 고마워. 그래 이렇게 기억나지 않아도 괜찮아. 수많은 것들이 여전히 기억나는 걸!" 슈가가 말했다.

비 오는 날에는 어떤 빵을 먹어야 좋을까? 너라면 어떤 빵을 먹을 거야? 아무래도 비가 오니까 차가운 샌드위치나 케이크 종류보다는 따뜻한 빵이 좋겠지? 그리고 따뜻한 커피나 차와 함께 먹을 때 더 맛있는 빵이면 좋을 거야. 어떤 빵이 있을까? '커피빈!' 이 빵은 겉에는 향기로운 커피향이 나고 속은 따뜻하고 촉촉한 크림이 맛있는 빵이잖아. 어떤 차와도 잘 어울릴 거야. 비 오는 날 내리는 빗방울을 바라보며 먹는다면 더 맛있을 거야!

아 맞다. '사과파이'는 어떨까? 따뜻한 사과잼이 가득 들어가서 바삭하게 부서지는 빵 사이로 달콤한 사과잼이 가득 뿜어져 나오지. 그 달콤함은 언제 먹어도 먹는 사람을 행복하게 만들어 주니까 비 오는 날에도 사과잼의 따뜻함이 분명 커다란 행복을 선물해 줄 거야! 아니면 따뜻하게 구운 찰보리빵도 좋겠다. 겉에는 보리를 볶아서 뿌릴 거고 속은 찰떡을 넣어서 쫀득쫀득하게 씹힐 수 있도록 할 거야! 하지만 빵은 자극적이지 않고 고소한 단맛을 내도록 해야지. 비 오는 날 먹으면 찰떡의 따뜻함이 더 포근하게 느껴질 거야.

비 오는 날. 빵의 하모니를 잘 들어 봐. 그 목소리에 귀 기울여 봐. 때로는 조용하게 또 때로는 빠르고 경쾌하게 너의 마음을 연주할 거야. 그래. 바로 빵이 그렇게 만들어 줄 거야.

마치 비 오는 날 들었던 조용한 음악처럼.

바게티 씨에게 바게트빵을

"슈가!"

베이커리가를 지나가는 슈가를 본 바게티 씨가 반갑게 인사했다. 보통 사람보다는 훨씬 큰 목소리였지만 바게티 씨의 평소 목소리와 비교하면 힘없고 작은 목소리처럼 느껴졌다.

"바게티 아저씨! 어디 가세요?"

슈가도 반갑게 인사했다.

"잠깐 걷는 중이었단다. 그냥 좀 걷고 싶어서."

바게티 씨는 평소와 다르게 힘이 없어 보였다. 그래서 슈가는 '맛있는 빵을 먹으면 바게티 씨가 좀 괜찮아지지 않을까?'라고 생각하며 말했다.

"저희 빵집에서 빵 드시고 가실래요?"

슈가가 바게티 씨의 얼굴을 보려고 목을 쭉 뻗으며 말했다.

"음…… 빵이 그렇게 먹고 싶지는 않구나. 힘들기도 하고."

"그럼 제가 가져다 드릴게요!"

바게티 씨의 말이 끝나자마자 슈가가 말했다.

"집으로 가져다 드릴게요! 그냥 친구끼리 주고받는 인사 같은 거라고 생각해 주세요. 조금만 기다리고 계세요!"

슈가는 바게티 씨가 대답할 시간도 주지 않고 말이 끝나자마자 곧바로 빵집으로 달려갔다. 바게티 씨에게 줄 빵을 빨리 만들어야겠다고 생각하면서.

"슈가……"

이런 슈가의 즉흥적인 성격을 너무 잘 알았던 바게티 씨는 이따가 찾아올 슈가를 위해 과일을 몇 개 사서 집에 들어갔다.

슈가는 도착하자마자 반죽을 시작했다.

'자 시작해 볼까! 바게티 씨에게 힘을 주는 거야!'

앞치마를 꽉 동여맨 슈가의 모습은 마치 전쟁터에 나가는 장군 같았다.

슈가는 반죽을 평소보다 빨리 끝냈다. 바게트빵을 만들 예정이기 때문에 반죽하는 시간이 짧은 것이다. 오랜 발효가 끝나고 반죽을 타원형으로 밀어 준 다음 접으면서, 어떻게 보면 꼬집으면서 모양을 만들어 주었다. 또 한 번 발효를 한 후에 칼로 모양을 내 주고 마지막으로 오븐에서 노릇노릇하게 구웠다. 원래의 맛을 잘 간직한 바게트빵이 완성되었다. 슈가는 완성된 빵을 정성껏 포장했다.

바게티 씨에게 바게트빵을 전달해야지~ ♩
소중하게 만든 빵을 소중한 사람에게 전해 주어야지~
분명 힘이 날거야 이 바게트빵처럼~
바게티 씨는 강한 사람이지만 바게트빵처럼 속은 여리다네~
이 빵을 먹고 힘을 냈으면~
목소리 큰 바게티 씨로 돌아왔으면~
서둘러 가자 돌다리는 뛰어 건너고~
오르막길은 빠른 걸음으로 걸어야지~
그러다 보면 바게티 씨의 집이라네~
바게트빵을 들고 바게티 씨에게 왔다네~ ♪

슈가가 노크를 하고 바게티 씨가 문을 열어 주었을 때 역시나 바게티 씨는 평소보다 힘없고 지친 모습이었다.

"오. 슈가 왔구나. 나 같은 사람에게 빵을 전해 주려고 고생했구나."

바게티 씨가 인자한 웃음을 지으며 말했지만 슈가는 처음 보는 그의 인자한 모습에 더 걱정이 되었다.

"힘이 나는 바게트빵을 만들었어요. 한번 드셔 보세요!"

슈가가 기다란 바게트빵을 건네며 말했다.

"그래. 먹어 봐야지."

바게티 씨는 말이 끝나자마자 그 큰 빵을 입 안 가득 넣고 베어 물었다. 슈가는 조금 놀랐지만 전혀 놀라지 않은 척했다.

"너무 맛있어…… 겉은 바삭하면서 조금 딱딱하고. 사실 그렇게 딱딱하지만도 않아. 그런데 속은 정말 촉촉하고 부드럽구나. 뭔가 힘을 내서 씹으니까 힘이 나는 것 같아! 정말 힘이 나는 빵이구나."

바게티 씨가 빵을 한 입 더 베어 물며 말했다. 두 입만에 바게트빵 절반이 사라졌을 정도로 맛있게 먹었다.

"바게티 씨가 다시 단단해졌으면 좋겠어요! 이 바게트빵처럼요!"

맛있게 먹는 바게티 씨를 가만히 바라보고 있던 슈가가 말했다.

"그럼! 그래야지. 슈가의 빵을 먹고 이렇게 힘이 나는데 당연히 힘을 내야지."

바게티 씨는 그냥 빵이 아니라 슈가의 특별한 레시피로 만든 빵을 먹었다. 먹은 사람을 바게트빵처럼 단단하게 만들어 주는 특별한 레시피. 사실 바게트빵이 단단해지는 건 빵이 처음 만들어져 뜨거울 때가 아니다. 빵을 들고 바게티 씨의 집으로 정성스럽게 들고 오면서 빵은 조금씩 식으며 단단해진다. 바게티 씨를 생각하며 슈가가 걸어온 길. 그 길이 있었기에 바게티 씨는 단단해질 것이다.

슈가의 정성과 그 사람을 생각하는 마음,
그리고 맛있는 바게트빵으로!

소금이에게 선물한 빵

달콤달콤 마을에는 한 아이가 있다. 보육원에서 지내는 아이. 이름은 이소금. 나이는 10살이었다. 소금이를 처음 본 건 시식용으로 빵집 앞에 내 놓은 달콤한 꼬마쿠키를 아주 맛있게 먹는 모습을 봤을 때였다.

"소금아 맛있어?"

슈가가 소금이에게 몸을 바짝 붙이며 물었다.

"아…… 네. 맛있어요……."

소금이가 소심하게 대답했다. 분명 어딘가 숨을 곳이 있다면 숨었겠지만 안타깝게도 달콤한 제과점 근처에는 숨을 만한 곳이 없었다.

"소금아 혹시 먹고 싶은 빵이 있으면 말해 줘. 다음 시식 때 만들어 놓을게!"

슈가가 적극적으로 말했다.

"저는…… 괜찮아요. 안녕히 계세요."

소금이는 대답을 마치자마자 급히 인사를 하고는 슈가가 보이지 않을 때까지 빠른 걸음으로 걸어갔다. 슈가는 자신이 말을 거는 바람에 소금이가 쿠키를 더 못 먹은 것 같아서 미안했지만 만약 인사를 하지 않았다면 더 후회가 되었을 것이라고 생각했다. 이렇듯 소금이는 부끄러움이 많고 자신감이 없는 아이였다. 슈가는 항상 예쁜 소금이에게 특별한 빵을 선물해 주고 싶다고 생각했다.

'소금이에게 용기를 주는 특별한 빵을 만들어 주고 싶어!'

어느 날 슈가가 빵집 앞을 지나가던 소금이를 우연하게 발견하고는 서둘러 나가 외쳤다.

"소금아! 두 밤 자고 소금이를 위한 빵을 만들어 놓을 거니까 먹으러 와!"

"아니…… 저는……."

슈가는 어쩔 줄 몰라 하는 소금이에게 대뜸 외치고는 들어와 버렸다.

"소금아 이런 건 나도 처음이라 어렵다구……."

무작정 외쳐 버린 슈가는 그날부터 소금이를 위한 빵을 만들기 시작했다. 미리 말해 두지만 이 과정은 이틀 동안 밤새 이루어졌다. 슈가는 소금이가 좋아하는 쿠키를 만들 생각이었다.

쿠키 10개를 전부 다른 맛으로 만들 생각으로 10가지 반죽을 만들었다. 한 가지 반죽이 끝나면 곧바로 다른 맛을 내는 반죽으로 넘어가야 했다.

소금이를 위한 쿠키를 만들자~♪
새로운 맛들을 가득 느낄 수 있을 거야~
이 세상의 행복한 맛들을 전부 담았으니까~
이 맛들은 마치 소금이의 오색 빛깔 미래와도 같을 거야~
앞으로 느낄 소금이의 행복한 하루하루 같을 거야~
다양한 맛의 쿠키처럼 다양한 꿈들이 소금이에게 찾아오겠지~
반죽을 하고 여러 맛을 내자~
바삭하고 촉촉한 쿠키를 만들어야지~
새롭게 마주할 10가지 꿈들을 선물할 거야~
앞으로 경험할 10가지 행복을 선물할 거야~
받아 보지 못한 10가지 사랑을 선물할 거야~♫

초코칩쿠키, 마카다미아쿠키, 치즈케이크쿠키, 버터쿠키, 레몬쿠키, 머랭쿠키, 사과쿠키, 코코넛쿠키, 당근쿠키, 호박쿠키가 만들어졌다. 쿠키들은 제각각 자기만의 맛과 모양을 뽐냈다.

두 밤 뒤. 슈가는 졸린 눈으로 소금이를 기다렸다. 하지만 한참을 기다려도 소금이는 오지 않았다. 그러다 오후 늦게 빵집 앞을 서성이고 있는 소금이를 발견했다. 사실 몇 번을 왔다 갔다 했지만 슈가가 계속 보지 못하다가 드디어 보게 된 것이었다. 슈가는 소금이를 보자마자 뛰어나갔다.

"소금아!"

슈가가 온 마을을 울릴 정도의 큰 목소리로 말했다.

"네. 안녕하세요."

소금이도 작은 목소리로 대답했다.

"들어와 봐! 너를 위한 빵이 완성됐어!"

소금이가 들어오자마자 슈가는 이틀 동안 준비한 쿠키 보따리를 열었다. 처음 쿠키들을 보자마자 소금이는 마치 반짝이는 형형색색의 전구를 보는 것 같은 기분이 들었다. 이렇게 다양한 쿠키를 보는 것은 처음이었다.

"와…… 너무 예뻐요!"

"소금이만을 위한 쿠키야! 하나하나 정성을 다해 만들었으니까 분명 맛있을 거야."

슈가가 초롱초롱한 눈으로 소금이를 바라보며 말했다.

소금이는 먼저 가장 좋아하는 초코칩쿠키를 집어 먹었다. 바삭한 쿠키 사이에 가득 박혀 있는 달콤한 초콜릿이 처음에는 딱딱하게 느껴졌지만 점차 녹으면서 입 안 가득 쿠키와 섞이며 부드럽고 달콤하게 느껴졌다. 초코칩쿠키는 소금이에게 좋아하는 친구를 만난 것 같은 '친근함'을 느끼게 해 주었다.

다음으로 치즈케이크쿠키를 한 입 베어 물었다. 따뜻하고 고소한 치즈가 소금이의 입 안을 포근하게 감쌌다. 치즈케이크쿠키는 온몸 가득 엄마의 품 같은 '포근함'을 느끼게 해 주었다. 그 다음으로 먹은 레몬쿠키에서는 그 상큼함에서 '신남'을, 머랭쿠키에서는 부풀어 오른 머랭같이 부풀어 오르는 '행복'을, 버터쿠키에서는 부드러움에서 느껴지는 '편안함'을, 마카다미아쿠키에서는 씹을수록 느껴지는 작은 마카다미아의 고소함에서 '작은 것에서 느끼는 기쁨'을, 당근쿠키에서는 주황색의 쿠키에서 느껴지는 '당당함'과 그 달콤한 맛에서 '새로운 것의 설렘'을 느꼈고 코코넛쿠키에서는 그 코코넛의 바삭함에서 '재밌음'을, 마지막으로 호박쿠키에서는 입 안을 가득 채우는 호박의 따뜻함과 뭉글뭉글한 식감에서 '변함없는 따뜻한 사랑'의 감정을 느끼게 해 주었다. 그리고 그 모든 쿠키를 다 먹었을 때 소금이는 '꿈'을 꾸게 되었다.

소금이에게도 이제 꿈과 희망 그리고 행복과 편안함이 가득해졌다. 분명 쿠키는 10개였지만 소금이는 이제 수만 가지 꿈이 생겼다. 그중 한 가지는 나중에 이 빵집에서 일하는 제빵사가 되고 싶다는 꿈이었다.

"슈가 언니! 감사합니다. 꿈이 생겼어요! 열심히 공부해서 제빵사가 될 거예요."

소금이가 무언가 용기를 얻었는지 자신 있게 말했다.

"소금아! 넌 할 수 있을 거야. 꿈이 있으니까 반드시!"

"나중에 같이 맛있는 빵을 만들어요. 꼭이요!"

소금이는 들어올 때와는 다르게 꿈을 가득 안고 나갔다.

소금이의 빵을 같이 만들자는 이야기에 슈가는 대답을 하지 않았다. 그리고 그 이유는 슈가만이 알 것이다.

시험이에게
차가운 바바루아를

"엉엉…… 으아앙……."

누가 봐도 슬픈 일이 있어 보이는 저기 '신나는 장난감가게' 앞 구석에 혼자 앉아 울고 있는 아이. 바로 시험이었다.

'시험이라면 분명 성적 때문에 울고 있을 거야. 오늘 시험을 본다고 했으니까.'라고 슈가는 생각했다. 시험이는 항상 시험에 예민했다. 사실 시험이가 예민했다기보다는 시험이의 부모님이 예민했다고 보는 것이 맞을 것이다. 시험이의 부모님은 시험이가 시험을 잘 본 날에는 달콤한 초콜릿을 잔뜩 사 주었고 시험을 상대적으로 못 본 날에는 달콤한 초콜릿 대신 맛없는 채소를 잔뜩 먹게 했다. 채소를 먹어 머리가 좋아지게 한다는 이유였지만 그럼에도 어린 시험이에게 초콜릿 대신 채소를 먹어야하는 일은 그 어떤 벌보다도 슬프게 느껴졌다.

'이날도 초콜릿을 먹지 못하는 시험이가 슬프게 울고 있는 것일 테지. 초콜릿을 못 먹는다는 건 분명 슬픈 일이니까. 저렇게 목 놓아 우는 것도 이해가 돼.'라고 슈가는 생각했다.

"그렇다고 초콜릿을 못 먹어야 하는 건 아니잖아? 내가 맛있는 초콜릿을 시험이에게 선물해야지. 그 어떤 초콜릿보다 달콤해서 오늘을 슬픈 날에서 기쁜 날로 만들어 줄 거야. 시험은 그저 커다란 인생에서 작은 한 부분일 뿐이니까. 그 한 부분 때문에 초콜릿의 달콤함을 느끼지 못한다면 그때 진짜 큰 부분이 사라지는 게 아닐까?"

슈가는 빵집으로 들어와 슈가의 은색 볼을 꺼냈다.

세상은 즐거운 일이 가득해~♪
마치 달콤한 초콜릿을 먹는 것 같은 즐거움들이~
누구나 시험을 봐야 할 거야~
이 세상은 시험으로 가득하니까~
하지만 걱정하지마~
세상은 시험과 걱정 그리고 쓴 맛이 가득하지만~
조금 고개를 내려 보면 어느새 내 손에는 달콤한 초콜릿이 들려 있을 거야~
지금까지 열심히 노력해서 얻은 값진 초콜릿이~
어느새 먹기 좋게 준비되어 있을 거야~

이제는 초콜릿을 먹어 보자~

조금 힘들었지만 이 초콜릿은 분명 달콤할 거야~

최선을 다한 시험이에게 이 초콜릿이 분명 기쁨을

선물할 거야~

손에 들려 있는 초콜릿을 잊지 말자~

내 손에 들려 있는 행복을 잊지 말자~

언제나 먹을 수 있을 거야 그 초콜릿을~

누구나 찾을 수 있을 거야 그 행복을~♬

슈가는 우유와 생크림, 바닐라빈, 젤라틴을 넣고 끓이다 달걀 노른자를 넣어 휘휘 저어 준 다음 냉장고에 넣어 굳게 만들었다. 그리고 그 위에 직접 만든 차가운 초콜릿 무스를 올려 주었다.

이렇게 시험이를 위한 차가운 바바루아가 완성되었다. 부드러운 크림을 닮은 푸딩. 그게 바로 바바루아다.

식을 때까지 조금 기다려야 해~♪

차가워지면서 그 달콤함이 더 진해질 거야~

모든 일은 달콤해지기까지 시간이 필요하니까~

조금만 기다리면 차가워질 거야~

시험이에게 시험은 계속 있을 거지만~

앞으로의 시험은 조금 더 달콤할 거야~

꿈을 향한 달콤한 시험이 될 거야~♬

"시험아. 이거 한번 먹어 봐!"

슈가가 시험이에게 은 숟가락과 바바루아를 건네며 말했다.

"아무것도 먹고 싶지 않아. 지금은 그냥 혼자 있고 싶어."

시험이가 슈가를 쳐다보지도 않고 말했다.

"그래도 힘내서 한입만 먹어 보지 않을래? 시험이 너를 위한 바바루아인 걸?"

슈가가 시험이의 어깨를 토닥이며 말했다.

"흑…… 흑…….."

시험이는 곁눈질로 슈가의 바바루아를 쳐다봤다. 달콤한 푸딩처럼 생겼으면서 그 위에 크림과 초콜릿 무스가 가득한 걸 보자마자 입 안에 군침이 돌았다.

"바바루아가 뭐야? 어떤 맛이야?"

시험이가 달라진 눈빛으로 바바루아를 바라보며 말했다.

"천사가 내 입 안에 비를 살짝 머금은 초콜릿 구름을 가득 넣어 주는 맛이지!"

슈가의 말이 끝나자마자 시험이는 숟가락으로 바바루아를 떠서 한입 가득 먹었다.

"우와. 정말 맛있다! 시원하고 달콤해!"

시험이가 눈이 동그래져서 말했다. 평소에도 큰 눈이었지만 (공부할 때 한 번에 더 많은 글을 읽기 위해 눈이 커졌다는 소문도 있었다), 지금은 더 커진 눈으로 슈가를 바라보고 있었다.

"응! 그게 바로 바바루아야. 푸딩같이 부드럽고 그 크림을 입안 가득 먹으면 정말 구름을 먹은 것 같은 맛이야. 그러면서 달콤한 초콜릿 맛이 느껴질 땐 이 세상 모든 행복을 다 가진 것 같은 기분이 들어! 차가울 때 먹으면 머릿속을 복잡하게 했던 수많은 고민들이 다 식어서 없어질 거야."

슈가가 손을 이리저리 흔들며 말했다. 마치 오케스트라를 연주하는 지휘자 같은 모습이었다.

"다시 한번 도전할 수 있을까? 후회 없이 시험 볼 수 있을까?"

시험이가 슈가를 보며 용기 있게 말했다. 이미 답을 아는 표정이었다.

"그럼. 당연하지! 시험이 너는 충분히 할 수 있을 거야. 다만 아직 덜 차가워졌을 뿐이야! 충분히 차가워졌을 때의 바바루아가 제일 맛있는 것처럼 시험이의 바바루아도 곧 차가워져서 최고의 맛을 낼 거야. 한번 같이 만들어 보자 시험이의 바바루아를!"

슈가가 시험이의 손을 덥석 잡으며 말했다.

"응. 좀 더 차가워질래. 바바루아처럼!"

겸손한 식빵으로서

식빵은 겸손하다. 모든 걸 포용하며 모든 것과 조화롭다.

우유와도, 온갖 잼과도, 어떤 채소와도 조화롭게 어울린다.

식빵은 여유롭다. 여유가 없다면 조화로워질 수 없을 테니까. 다양한 잼과 어울리는 것도. 양상추나 햄을 껴안을 수 있는 것도 그 넓은 마음뿐만 아니라 여유가 있기 때문이기도 하다. 식빵은 혼자도 맛있지만 절대 그 맛에 자신하지 않는다. 겸손한 식빵으로서 자신보다 다른 재료들의 맛을 더욱 맛있게 해 주는 조력자로 충분하다.

가끔은 달걀물에 푹 담가졌다 나와서 프라이팬에 노릇하게 구워진다. 그 고소함과 풍미는 어떤 고급 요리도 부럽지 않다. 하지만 누구나 할 수 있을 만큼 쉽다. 어렵지 않게 요리 되어지는 것도 식빵의 매력이다. 굽지 않아도, 단지 잼을 바르기만 해도 요리가 완성된다. 이렇게 쉬운 식빵이기에 많은 사랑을 받지만 누구도 식빵 그 자체에는 많은 관심을 두지는 않는다. 어쩌면 쉽기에, 어쩌면 단순하기 때문일 수도 있다. 그저 식빵으로서 당연하다는 듯이 다른 맛있는 재료를 담는 그릇이 될 뿐이다.

때론 가장자리가 잘리는 설움을 겪기도 한다. 누군가는 딱딱하다고 가장자리를 잘라 버리기 때문이다. 하지만 식빵은 시련을 견디고 더 부드러워진다. 한 번의 시련 끝에 부드러운 빵만 남은 식빵의 부드러움을 이길 수 있는 빵은 없다.

한번은 식빵이 어떤 잼과 가장 어울릴지 궁금해졌다. 그래서 누군가 식빵에게 이런 질문을 해 줬으면 좋겠다고 생각했다.

"너는 어떤 잼을 가장 좋아해?"

식빵은 뭐라고 대답했을까? 아마 먹는 사람마다 다를 것이라고 대답했을 것이다. 아이가 먹을 빵이라면 그저 딸기잼을 가득 바른 식빵이라고 대답할 것이고 출근하는 아빠가 먹는다면 안에 햄과 계란이 들어가는 샌드위치라고 대답할 것이다. 공부하는 학생에게는 겉은 조금 구워서 바삭하고 그 위에 메이플시럽을 뿌린 식빵과 우유 한 컵이라고 대답할 수도 있다. 매번 똑같지 않은 빵. 새로운 시도를 하는 그런 빵. 그렇기에 식빵은 모든 사람에게 사랑받는다. 누구에게든 그 사람에게 맞춰 주는 빵이기에 쉽게 다가갈 수 있다.

최고의 레시피가 존재하지 않는 빵이지만 그래도 하나를 꼽으라면 어렸을 때 어머니표 레시피로 만든 식빵이 최고이다. 빵을 살짝 데워서 그 빵 사이에 딸기잼을 가득 바른다. 그냥 바르면 덩어리지기 때문에 바르기 전에 몇 번 휘휘 저어 주거나 바르고 나서 숟가락으로 꾹꾹 눌러 덩어리를 풀어 주어야 한다. 하지만 가끔 제멋대로 뭉쳐 있는 딸기잼은 재밌는 맛을 낸다.

누군가는 식빵에 밤을 넣기도 하고 치즈를 넣기도 하고 아니면 초콜릿을 가득 넣기도 한다. 그러면 밤식빵, 치즈식빵, 초코식빵으로 변신한다. 그 어떤 속 재료와도 잘 어울리는 건 그 누구와 만나도 자신을 뽐내지 않아서일지도 모른다. 또한 어떤 크기의 재료가 와도 식빵은 다 품을 수 있을 만큼 넓은 마음을 가지고 있다. 그만큼 식빵은 여러 가지 모양으로 변신이 가능하다. 여러 가지 식빵이 많지만 그래도 내가 생각하는 가장 맛있는 빵은 역시 아무것도 들어 있지 않은 평범한 식빵이다. 따뜻한 식빵에 우유 한 잔. 아침에 따스한 햇살을 받으며 먹는다면 그 무엇도 부럽지 않다. 식빵은 그렇게 겸손해진다. 그렇게 모든 사람에게 사랑받는다.

이렇듯 겸손한 식빵으로서 조금은 지치고 차가워진 사람들에게 식빵은 매일 아침 이렇게 말해 줄 것이다.

"식빵과 함께 오늘은 조금 더 따뜻한 하루가 될 거야."

슈크 씨의 마지막 빵

비가 많이 내리던 날 오후. 슈가가 슈크 씨를 의자에 앉히더니 그동안 한 번도 보지 못했던 진지한 표정으로 슈크 씨를 바라보며 말했다.

"이제 이 마을을 떠날 때가 된 것 같아요. 이 마을을 떠나 저를 필요로 하는 곳으로 가야 해요. 빵이 없어서 못 먹는 곳, 초콜릿머핀을 한입 가득 베어 물었을 때의 달콤한 행복을 모르고 식빵의 부드러움과 따뜻함을 경험해 본 적 없는 곳으로 떠날 거예요. 세 밤을 자고 떠나겠어요."

슈크 씨는 오래전부터 슈가가 언젠가는 이 마을을 떠날 것이라는 걸 알고 있었다. 언젠가 때가 되면 슈가는 떠날 것이었다. 아니 떠나야만 했다. 그건 그녀가 어느 날 갑자기 달콤한 제과점에 왔을 때부터 예상했던 일이었다. 그날이 이제 며칠 앞으로 다가왔다는 것이 실감 나지 않았지만 슈크 씨는 이제 그녀와 이

별할 준비를 해야 했다.

'어떻게 이별해야 하지? 슈가와 어떤 마지막 인사를 나누어야 할까? 어떻게 보내 주는 게 좋을까?'라는 고민을 하고 또 하면서 다음날 아침이 되었다.

슈가가 떠나기 이틀 전이었다.

슈크 씨는 평소보다 3시간이나 일찍 일어났다. 슈가와 이별하기 전 마지막 빵을 만들 생각이었다. 슈크 씨의 마지막 빵은 슈가가 맨 처음 슈크 씨의 달콤한 제과점에 왔을 때 그녀를 웃게 만들었던 빵이었다.

그건 바로, '크루아상!'

"슈가. 빵을 실컷 먹게 해 주겠다고 약속했는데 앞으로는 직접 만들어 주지 못해서 미안하구나. 그래도 마지막으로 이 크루아상만큼은 최고로 맛있게 만들어 주마."

크루아상은 생각보다 만들기 쉽지 않다. 박력분과 강력분의 적절한 배합이 필요하고 속 버터와 겉 반죽을 합쳐서 잘 접고 펼쳐 줘야 최고의 크루아상이 완성된다.

> 슈가만을 생각하며 만든 버터를 비닐에 넣어 잘 펼
> 쳐 줘야지~♪
> 납작한 버터가 될 때까지 밀어 주자~

잘 밀린 버터는 그냥 먹어도 맛있을 거야~

먼 길을 떠날 때 가져가서 먹어 보렴~

힘들 때면 힘이 날 거야~

지칠 때면 용기가 생길 거야~

이제 걸 감싸 줄 반죽을 만들자~

박력분과 강력분 그리고 이스트와 설탕을 넣어야지~

버터도 넣고 물도 조금 넣고 달걀도 넣고~

소금도 조금 넣어야지~

슈가가 떠나는 길을 최고의 크루아상으로 배웅해야
지~

슈가가 나의 마지막 빵을 맛있게 먹어 줬으면~

항상 그랬던 것처럼 처음 그대로의 사랑을 담아야지~

그리고 부모의 미안함도 담아야지~

슈가에게 전하고 싶은 마음도 가득 눌러 담아야지~

슈가는 알거야 우리가 그녀를 얼마나 사랑했는지~

슈가는 모를 거야 그녀가 우리에게 얼마나 큰 선물
이었는지~

삼각형으로 잘라서 돌돌 말은 이 크루아상 반죽처럼~

슈가가 떠날 때 느낄 슬픔과 걱정을 돌돌 말자~

이제 혼자서 견뎌 내야 할 아픔과 외로움도 푹푹 말

자~

버터를 꼭 안은 이 반죽처럼~

슈가를 마지막으로 꼭 안아 줘야지~

슬픔은 모두 오븐에 구워 버릴 거야~

앞으로 먼 길을 떠날 슈가를 위한 크루아상이라네~ ♬

슈가는 달콤한 제과점에 들어오자마자 풍겨 오는 빵 냄새를 맡고는 활짝 웃었다.

"맛있는 빵 냄새!"

빵집 안에는 따뜻하게 완성된 크루아상 20개가 예쁘게 놓여 있었고 그 위에 놓인 쪽지에는 이렇게 적혀 있었다.

크루아상의 처음과 끝을 돌돌 말면 결국엔 다시 만 나는 것처럼 언젠가 다시 만날 날을 기다리며 슬픔 은 모두 오븐에 구워 버렸으니 즐거움만 가지고 떠 나길.

– 슈크

슈크 씨는 슬픔을 모두 오븐에 구워 버렸다. 이제 남은 건 맛 있는 크루아상과 앞으로의 행복하고 기대되는 즐거운 순간들

뿐이었다. 슈가는 슈크 씨의 사랑 가득한 크루아상을 맛있게 먹었다. 슈크 씨가 분명 슬픔을 모두 오븐에 구웠다고 했는데도 슬픈 걸 보면 아마 빵이 덜 구워진 것 같았다. 슈가의 눈에서는 눈물이 멈추지 않고 흘러나왔다.

"빵이 너무 맛있어서 눈물이 나오네."

슈가가 크루아상을 입 안 가득 먹으며 말했다.

그녀가 떠나기 이틀 전이었다.

크랜베리스콘

떠날 날이 하루 앞으로 다가오자 가장 슬펐던 사람은 역시 슈가였다. 슈크 씨는 일 때문에 다른 마을에 가서 내일 돌아올 예정이었다. 혼자 남은 슈가는 내일이면 떠난다는 생각에 빵을 반죽할 기운조차 없었다. 그래서 슈가는 오늘만큼은 빵을 만들지 않을 생각이었다. 마지막으로 빵집을 둘러보던 중에 달콤한 제과점 한편에서 슈크 씨가 정성스럽게 말려 놓은 크랜베리를 발견했다. 평소 슈크 씨의 크랜베리빵은 정말 특별한 정성과 애정이 들어 있기로 유명했다. 슈크 씨는 언제나 직접 크랜베리를 땄으며, 그 제조 과정 하나하나에 정성을 가득 담았기 때문이다. 크랜베리를 바라보던 슈가는 크랜베리 박스 위에 적혀 있는 희미한 글씨를 발견하고는 눈을 가까이 가져갔다.

"힘들고 퍽퍽한 스콘 같은 삶을 꽤 달콤하게 만들어 줌."

슈크 씨가 마지막에 힘들어할 슈가를 위해 며칠 전부터 정성스럽게 크랜베리를 말려 놓은 것이다. 크랜베리가 마치 "아무리 힘든 삶 한가운데 있더라도 한 송이 크랜베리는 너를 달콤하게 만들어 줄 거야."라고 말하는 것처럼 느껴졌다. 슈가의 답답한 마음에 크랜베리 과즙을 한 움큼 뿌려 주는 기분이었다. 그걸 보고 슈가는 힘을 내어 다시 빵을 만들기 시작했다.

스콘을 만들어야지 세모나고 네모나고 어떤 건 동그라미 모양으로 만들 거야~ ♪

앞집 아주머니는 세모를, 옆집 아이는 동그라미 모양을 좋아하니까~

누구든지 맛보면 힘이 나는 빵을 만들어야지~

퍽퍽한 삶을 조금은 달콤하게 해 줄 슈크 씨의 크랜베리로~

세상에서 하나뿐인 빵을 만들어야지~

조금은 퍽퍽할 거야 하지만 걱정 마 곧 있으면 크랜베리가 씹힐 거야~

조금은 힘들 거야 하지만 걱정 마 곧 있으면 달콤해질 거야~

한 송이 크랜베리 같은 삶은 꽤 달콤하니까~ ♬

슈가는 반죽을 하고 또 하며 수십 번을 뒤집고 또 뒤집었다.

"빵이 완성되었습니다!"

"정말 맛있는 크랜베리스콘이 완성되었습니다!"

듣는 이 없는 제과점에서 슈가는 혼자 외쳤다. 이 외침은 스스로에게 힘을 내게 하는 주문 같은 것이었다.

슈가는 밖으로 빵을 가지고 나가 지나가는 사람들에게 나누어 줬다. 그러면서 이렇게 소리쳤다.

"꽤 달콤한 크랜베리스콘입니다! 한번 맛보고 가세요."

많은 사람들이 빵을 맛보려고 빵집 앞으로 몰려들었다.

"역시 슈크 씨의 크랜베리. 너무 맛있어!" 한 아주머니가 말했다.

"스콘은 참 퍽퍽한데 크랜베리가 너무 달콤해서 살 것 같아." 동그란 스콘을 입 안 가득 먹은 한 아이가 말했다.

'슈크 씨의 크랜베리스콘 덕분에 꽤 용기가 생겼어. 조금은 퍽퍽한 삶에 크랜베리의 달콤함 같은 기대가 생겼어. 그래. 새로운 곳으로 용기 있게 나아가자. 나를 필요로 하는 곳에서 맛있는 빵으로 행복을 전할 거야!'

슈가는 마음속으로 다짐했다.

슈가의 노래

행복한 빵을 만들자~♬

단팥빵도 만들고 소시지빵도 만들어야지~

많은 사람들이 이 달콤한 제과점에서 행복해질 거야~

이곳은 행복을 굽는 곳, 꿈을 만드는 곳이라네~

슈가의 빵을 먹으러 오세요~

어쩌면 하루가 달콤해질 거야~

아니 어쩌면 하루가 더 따뜻해질 거야~

하지만 기억해 둬~

힘들거나 달콤하거나 그건 빵이 아니라 먹는 사람에
게 달렸다는 걸~

바게트빵처럼 단단해지려면 조금은 스스로 힘을 내
야 해~

우유식빵처럼 부드러워지려면 조금은 겸손해져야

해~

맛있는 빵을 만들려면 오랜 시간이 필요한 것처럼~

좋은 사람이 되는 데도 오랜 시간이 필요할 거야~

하지만 기억해 줘~

결국 오븐에서 구워져 나와 맛있는 빵이 완성될 거라는 걸~

오랜 시간이 걸린 만큼 먹음직스러운 빵이 완성될 거야~

슈가의 빵집으로 오세요~

즐거움을 주는 빵~

슬픔을 달래는 빵~

아이들과 함께 먹을 수 있는 가족을 닮은 빵~

힘들 때 힘이 나는 빵~

슈가의 빵집으로 오세요~

누구나 꿈꿀 수 있는 이곳은 바로 슈가의 빵집이랍니다~ ♪

슈가의 마지막 빵,
노 슈가 케이크

슈가가 떠나는 날이 되었다. 슈가는 달콤달콤 마을에서 많은 사랑을 받았지만 이제 이 마을은 슈가가 없어도 될 것이다. 사람들은 이제 갓 나온 에그타르트의 포근함과 따뜻함을 알고, 견과류 스틱빵의 충분한 기다림 끝에 오는 달콤함을 안다. 그리고 소시지빵을 먹으며 조금씩 성장할 줄도 안다. 마을은 이제 행복과 꿈들이 가득해졌다. 슈가가 꿈꿨던 건 빵집이 잘되는 것이 아니었다.

'행복을 주는 슈크림빵을 만드는 사람이 되고 싶어.'

슈가의 꿈은 이것이었다. 그래서 슈가는 이곳을 떠나 한 번도 사랑을 느껴 보지 못한 사람들에게 가서 따뜻한 에그타르트를 만들어 줄 것이다. 슈가의 빵을 정말 필요로 하는 곳으로 떠나는 것이다. 이곳에서는 이제 마지막 빵만이 남아 있었다. 슈가가 떠나도 사람들이 이 빵을 먹으며 슈가를 기억해 줄 것이었다. 바로 설탕이 들어가지 않는 노 슈가 케이크. 슈가가 없어도 맛있는 빵을 만들 생각이었다.

사과를 잘게 잘라 넣어야지~ ♩

여기에 아몬드가루와 베이킹소다를 넣을 거야~

사과는 단맛을 아몬드가루는 고소한 맛을 내 주겠지~

슈가 없이도 분명 맛있는 맛이 탄생할 거야~

누군가는 단맛을 누군가는 짠맛을 그리고 누군가는

고소한 맛을 내 줄 테니까~

달걀을 넣고 오일도 넣어야지~

동그란 팬에 반죽을 가득 채우자 내가 받았던 사랑

만큼 듬뿍 채우자~

이제 오븐에서 30분을 구워 줄 거야~

그리고 조금만 기다리면~

슈가 없는 슈가의 빵이 완성된다네~

이제는 슈가 없이도 정말 맛있을 거야~

슈가가 없어도 이 마을은 항상 행복할 거야~ ♪

이 빵은 슈가 없이 살아야 하는 이곳 달콤달콤 마을 사람들을 위한 빵이었다. 그동안 슈가를 사랑해 준 바게티 씨를 비롯한 수많은 사람들을 위한 빵이었기 때문에 슈가는 떠나기 전 누구나 맛볼 수 있도록 빵집 앞에 진열해 놓았다.

바게티 씨가 지나가다가 빵집 문을 열고 외쳤다.

"슈가! 오늘은 어떤 빵이 맛있니?"

바게티 씨는 요즘 슈가가 추천하는 빵을 사 갔기 때문에 오늘도 역시 문을 열면서 말했지만 슈가는 이미 떠나고 없었다.

"바게티 씨. 슈가는 떠났습니다. 슈가가 선물로 빵을 만들어 놓고 갔으니 빵집 앞에 놓인 슈가의 마지막 케이크를 드셔 보세요. 설탕이 들어가지 않은 케이크랍니다."

슈크 씨가 말했다.

"슈가 없는 케이크라니……."

바게티 씨가 큰 손으로 두 눈에 고인 눈물을 닦으며 말했다.

그날 많은 사람들이 슈가가 만든 마지막 빵을 먹으러 달콤한 제과점을 찾았다. 맨 처음은 바게티 씨였고 그 다음은 고소미 양, 슈가와 함께 소시지빵을 만들었던 아이들, 새싹이와 보육원 교사 이담 양, 홍당무 양과 홍무 씨, 소금이, 시험이가 제과점을 찾았다. 모두가 슈가의 케이크를 먹고는 이렇게 얘기했다.

"슈가가 없는데도 너무 달콤해!"

　이제 이 마을은 슈가 없이도 달콤해질 것입니다. 이미 슈가의 빵이 이 달콤달콤 마을을 더 달콤하고 따뜻하게 만들어 주었기 때문이죠. 슈가가 어디로 갔는지는 그 누구도 알지 못했습니다. 하지만 슈가가 떠난 지 한 달 정도가 지난 어느 날 슈크 씨는 동쪽 끝에서 온 여행가로부터 동쪽 끝에 있는 '흰 눈의 마을'에 먹으면 행복해지는 빵을 만드는 사람이 있다는 이야기를 들었습니다. 그 사람이 혹시 슈가일까요? 슈가인지 아닌지는 아마 아무도 모를 겁니다. 동쪽 끝으로 가 보지 않는 이상은 말이죠.

빵은 언제나 맛있다

누구나 빵을 맛있게 먹고 싶다는 생각을 하지 않나요? 사실 빵이라는 건 우유랑만 먹어도 너무 맛있지만 여기 슈가의 빵을 더 맛있게 먹는 방법이 있답니다. 언제 무슨 빵을 먹어야 할지 몰라서 곤란스러운 손님이라면, 혹은 많은 빵 사이에서 길을 잃은 사람이라면 아래 방법대로 주문해 주세요.

방법 1. 지금 바로 눈앞에 보이는 그 빵을 산다.

방법 2. 바로 전 손님이 사갔던 빵 종류를 똑같이 산다.

방법 3. 그날의 기분에 따라 슈가가 추천하는 빵을 산다.

그날그날 먹고 싶은 빵을 고르는 것은 무척 어려운 일이에요. 왜냐하면 맛있는 빵은 정말 많고, 한 번에 먹을 수 있는 양은 한정되어 있기 때문이죠. 제일 좋은 건 먹고 싶은 빵이 뭔지 바로 알아서 그 빵을 먹는 것이지만, 그렇지 않다면 그날 기분에 따라서 빵을 골라 주세요. 그러면 분명 맛있게 슈가의 빵을 먹을 수 있을 거랍니다! 그래도 고민된다면 일단은 아무 빵이나 하나를 골라 보세요. 그 빵이 분명 행복을 줄 거라고 믿으며 먹는다면 빵은 분명히 행복을 선물할 거예요!

🍪 힘들 때 먹는 빵

힘들 때는 달콤한 슈크림빵을 먹는 것이 도움이 될 거예요. 슈크림빵 속에 든 커스터드크림이 그 부드러움만큼이나 부드러운 위로를 가득 주거든요. 그리고 가끔은 치즈가 듬뿍 뿌려진 피자빵을 입 안 가득 넣고 씹는 것만으로도 기분이 좋아져요. 치즈와 오도독 씹히는 소시지는 먹는 재미만큼이나 즐거움을 가득 줄 테니까 말이죠. 하지만 이것들로도 해결할 수 없이 정말 힘든 날이었다면 어쩔 수 없이 달콤한 딸기생크림케이크를 처방할 수밖에 없겠네요. 먼저 케이크를 큼지막하게 자른 다음 케이크 한 조각을 입 안 가득 넣고 먹는 거예요. 힘든 날에는 이 생크림케이크 만한 빵이 없답니다. 분명 입 안 가득 넣은 케이크만큼이나 커다란 행복을 선물해 줄 거예요. 이 딸기생크림케이크가 말이죠! 그리고 케이크가 이렇게 얘기해 줄지도 모른답니다!

"오늘 하루도 힘들었지? 고생 많았어!"

추울 때 먹는 빵

추울 때는 따뜻한 빵이라면 어떤 빵이든 맛있겠지만, 속에 따뜻한 크림이 꽉 차 있는 빵은 온몸을 더 따뜻하게 해 준답니다. 호두과자나 단팥빵같이 단팥이 가득 들어간 빵도 좋고 아니면 따뜻한 초콜릿이 듬뿍 들어간 초코소라빵도 분명 온몸을 따뜻하게 만들어 줄 거예요! 따뜻한 우유나 커피와 함께 먹는다면 분명 더 맛있게 먹을 수 있을 거랍니다!

그리울 때 먹는 빵

가끔 누군가가 그리울 때 어떤 빵을 먹어야 할지 묻는 사람들이 있지만 그건 저도 잘 모른답니다. 왜냐하면 그리울 때 먹는 빵은 그 종류가 사람마다 다르기 때문이죠. 누군가는 할머니가 가끔 사 오셨던 맘모스빵을 그리워할 수도 있고, 또 누군가는 힘든 훈련을 마치고 먹었던 초코파이빵이 그리울 수도 있어요. 그렇게 누군가는 크림빵을 또 누군가는 밤식빵을 그리워한답니다. 슈가의 빵집에는 여러분이 그리워하는 빵들이 많이 있지만 만약 그중에 찾는 빵이 없다면 그게 어떤 빵이든지 간에 당신을 위한 빵을 만들어 드릴게요! 그게 눈물 젖은 크림빵이든,

눅눅해져 버렸지만 세상에서 제일 맛있었던 바게트빵이든 상관없이요!

🌱 꿈을 꾸는 빵

꿈을 꾸는 사람들은 항상 수많은 상상을 하고 실패도 두려워하지 않을 거예요. 꿈이라는 건 수많은 실패를 이겨 내게 하는 힘이 있으니까요. 하지만 정말 꿈을 꾸고 싶다면 꿈을 닮을 빵을 먹어 보세요. 무한한 꿈처럼 가득 차 있고 항상 새로운 것들이 기대되는 꿈같은 빵을 말이죠. 누군가는 구름을 닮은 생크림 케이크를 이야기할 수도 있고, 또 누군가는 커다랗게 부풀어 오르는 식빵을 이야기하겠지만 저는 여러 견과류가 가득 들어간 넛봉을 추천하고 싶어요. 처음 먹어 보면 조금은 그 견과류들이 딱딱할 수 있지만 조금 씹다 보면 그 고소함이 입 안 가득 퍼지면서 용기를 줄 거예요. 딱딱한 빵들은 언제나 용기를 주니까요. 우리가 꾸는 꿈처럼 가득 들어간 견과류를 입 안 가득 품고 용기를 가져 보세요. 무엇이든 할 수 있다는 그 용기를 말이죠. 사실 꿈을 꾼다면 어떤 일이든 해 낼 수 있을 거예요. 오늘도 꿈이 많은 당신을 응원하며 이 고소함을 선물할게요.

🍞 심심할 때 먹는 빵

간혹 엄청 심심할 때가 있잖아요? 그럴 때는 식빵을 먹어 보세요! 그 위에 딸기잼이나 사과잼도 올려 먹어 보고 초콜릿이나 땅콩버터도 올려서 먹어 보세요. 심심할 때 식빵보다 더 재밌는 빵은 없답니다. 좋아하는 채소를 종류별로 올려 먹을 수도 있고 조금 구워서 바삭하게 먹을 수도 있어요! 식빵은 어떻게 먹어도 맛있답니다. 재밌는 식빵을 먹어 보세요. 그 어떤 상상도 가능할 거예요. 상상이 현실이 되는 빵이랍니다. 그렇게 재밌는 빵이랍니다.

오늘 먹고 싶은 빵을 먹어 보세요. 행복이 가득한 빵. 누구나 행복해질 수 있는 빵을 말이죠. 혹시 빵을 직접 만들어 먹는다면 먹는 사람뿐만 아니라 만드는 사람까지도 분명 행복해질 거예요. 빵은 그렇게 많은 사람들에게 행복을 선물해 왔으니까요! 오늘 어떤 하루를 보내셨나요? 기분은 어떠세요? 슬프거나 기쁘거나 힘들었거나 즐거웠거나 답답했거나. 바쁘게 보낸 하루 끝에서 먹고 싶은 빵을 한번 골라 보세요.

당신을 행복하게 해 줄 빵.
오늘 하루를 마무리할 빵.

즐거운 꿈을 꿀 수 있는 빵.

그 모든 빵을 파는 곳.

이곳은 슈가의 빵집입니다.